極上アルファは運命を諦めない

真宮藍璃

illustration:
小禄

prism bunko

CONTENTS

極上アルファは運命を諦めない

「――――ポイントB、異常なし」

『了解。執行管理チームが間もなく突入開始予定だ。引き続き警戒に当たるように』

「了解」

インカムに答えて、瀬名隼介《せなしゅんすけ》は小さく一つため息をついた。

「いいなぁ、執行管理チーム。俺オメガだし、捜査員としてでもいいけど、できれば特別執行官になって、現場突入の指揮をとりたいよ」

「はは、おまえなら本当になれそうだな、瀬名」

同僚のベータの男、木場《きば》が言って、小首をかしげる。

「オメガ初の特別執行官、瀬名隼介か。広報にインタビューとかされるやつだ」

「まあ、そういうのは勘弁だけど。でもやっぱりこういう事案のときは、余計にさ」

人類が生殖機能を退化させる謎の病原菌を撲滅し、辛くも滅亡の危機を脱して二百年。

世界は男女の性だけでなく、アルファ、ベータ、オメガの三つの性、「バース性」のいずれかに属する人間たちの手によって、奇跡的な復興を遂げていた。

そんな二十三世紀後半のとある晩、都心のオフィス街にある一見なんの変哲もないビル。

その地階に、オメガに性的な接待を強要する会員制のスポーツクラブがある。

瀬名が捜査員として所属している、警視庁バース犯罪対策本部、特定バース関連事案対策課にそんな通報が入ったのは、ひと月ほど前のこと。以来、課の捜査員と特別執行官が中心となって、密かに内偵を進めてきた。

そして定期的にハッピーアワーなどと称する乱交パーティーが開かれているという事実を突き止め、その当日である今夜、現場に突入、検挙することとなった。

こうした事案の作戦責任者となり、警官隊や捜査員の部隊を率いて突入するのが、特別執行官だ。現場の安全確保のために同行する、厚生労働省バース安全管理局の管理官とパートナーを組んで、バース性にまつわるあらゆる犯罪に対処する。

アルファやベータなど、ほかのバース性に比べて小柄で体力的にも劣り、さらには発情期という厄介な生理現象があるオメガでありながらも、警察官を志した瀬名にとっては、憧れの職種だ。

「まあしかし、周辺警備だって大事な任務だぞ？」

「もちろんそれはわかってるさ、木場。職務をおろそかにするつもりはない。俺のあとに続くオメガのためにもな」

今の部署、特定バース関連事案対策課へのオメガの配属は、瀬名が初めてだ。

お世辞の部分もあるとは思うが、警察官になる前、民間で警備員をしていた時代から、瀬名は並のアルファよりも強くて優秀だ、などと褒められることもあり、今の同僚にも信頼してもらえているという自負がある。

だがこの部署は、事件現場での突発的な発情事故などに備えて、基本的に番《つがい》のいるアルファや発情フェロモンに影響されにくいベータで構成されており、きちんと発情抑制剤を飲んでいたとしても、独身のオメガには不向きな職場だ。ハラスメントに当たるので表立っては言われないが、仕事を極めたいならアルファと結婚するほうがいいと、周りからやんわり忠告されることもある。

それでも、自分がパイオニアとして道を切り開くことで、ほかのオメガにもあとに続いてもらいたい。瀬名はそう思っていて、どんな仕事であってもくさったり手を抜いたりはしない。それが瀬名にとっての矜持でもあった。

「そろそろ突入なら、誰か逃げてきたりするかもな。オメガなら、ちゃんと保護して……」

言いかけて、瀬名は言葉をのみ込んだ。

かすかな音と、匂い。何かよくわからないが、おかしな気配がする。

今、この区画の道路は封鎖されて、一般人の立ち入りはできないようになっているはずだが、得体の知れない何者かが、ゆっくりとこちらに近づいてくるような——。

「……！　木場、ここを頼むぞ！」

「あ？　なんだよいきなりっ？　どこ行くんだ！」

かすかな感覚を頼りに駆け出すと、突入の対象となっているビルの道を隔てた向かいの建物から、不意に二人の男が現れた。

先ほど感じた気配はこの二人だったのかというと、なんとなく違うような気もするが、きょろきょろと辺りをうかがう様子が怪しい。

瀬名が近づくと、二人ははっとしたように走り出した。

「待て、止まれ！」

叫ぶけれど、二人は止まらない。背後から見た感じ、一人はアルファ、もう一人はベータのようだ。オメガの瀬名は体格では敵わないが、その分トレーニングを積んできた。

ほどなくベータの男がはあはあと息を切らし始めたので、一気にスピードを上げて追いつき、後ろからタックルを見舞う。

「うおっ、は、放せ！」

「止まれと言ってるんだ！」

「くっそ、このポリ公め、放せえ！」

男が暴れて体を振りほどこうとしたので、足を払って引き倒す。

そのまま手を取って地面にねじ伏せたところで顔を上げると、先を行くアルファがベータの男を見捨てて逃げていくのが見えた。瀬名はインカムに向かって叫んだ。

「ポイントB付近より、アルファと思われる怪しい男が北上中！　同行していた男を一人確保した！　応援を……！」

「このおっ！」

「うわっ」

男が身を跳ねさせて瀬名の体を突き飛ばし、よろよろと立ち上がる。瀬名はすかさず体勢を直して膝をつき、拳銃を抜いて男に銃口を向けた。

「動くな！」

「っ……！」

「そうだ。おとなしく手を上げて、頭の後ろに……」

言いながら男の顔を確認して、瀬名は気づいた。

「おまえ、スポーツクラブのマネージャーの武藤《むとう》だなっ？　じゃあさっきの逃げた奴は、もしかしてクラブのオーナーかっ？」

夕刻のミーティングで配られた捜査資料に載っていた顔写真を思い出しながら言うと、男——武藤が苦い顔をした。それからこちらをまじまじと眺め、忌々しそうに吐き捨てる。

「……その、首のチョーカー……、てめえ、オメガかっ」

「は？　だったらなんだ」

「くそっ！　この俺が、オメガのポリ公なんぞにつかまるなんてっ！」

「あー、そういうあれか。たまに言われるけど、裁判で心証悪いぞ？」

「うるせえっ！　オメガなんぞ、アルファに囲われてガキでも産んでおとなしくしてりゃいいものをっ！」

「……瀬名！　大丈夫かっ？」

今までもうんざりするほど聞いてきた、オメガに対するよくある罵倒を聞き流していたら、木場が警察官を連れてやってきた。武藤を取り押さえてくれたので、瀬名は拳銃をしまって言った。

「俺は大丈夫。こいつ、クラブのマネージャーの武藤だ」

「えっ！　あ、ほんとだ！」

「もう一人逃げた奴は、オーナーのアルファだったみたいだ。追いかけるからこいつは任せたぞ、木場！」

「お、おうっ」

そこそこの大物を捕らえた驚きからか、木場が目を丸くして答える。

だがしばらく走ったところで、通りの向こうから別の同僚と警察官が駆けてきたから、どうやら追っている男はそちらには行っていないようだとわかった。

途中の十字路で左に曲がりながら、瀬名は叫んだ。

「俺はこっちを捜す！　右を頼む！」

「わかった！」

封鎖したオフィス街は二ブロックほどだ。早く見つけないと逃げられてしまうかもしれない。せっかく姿を見つけたのに取り逃がすなんて、これほど悔しいことはない。

(……っ、まただ)

先ほど持ち場にいたときに感じた、何かの気配。

それがまた近づいている。体にうっすらとまとわりつくようなこの感覚には、覚えがあるような気もする。何やら少し甘くて、まるで花の蜜の匂いみたいな……。

「あっ!」

不意に横合いから背の高い男が現れたので、ドンと思い切りぶつかった。

向こうはほとんどビクともせず、こちらの体だけがはね飛ばされる。

倒れてしまうと焦った、その瞬間。

「……!」

男がさっとこちらに手を伸ばし、腕をつかんで身を引き寄せ、腰に腕を回して体を抱き支えてきた。鼻腔に広がる濃密で甘露な匂いに、くらくらしながら見上げると

――。

「な……、あんたはっ……」

夜でも鮮やかに輝く青い瞳と、豊かな金髪。形のいい額に通った鼻筋、肉厚な口唇。

一度会ったら忘れられないノーブルで秀麗な顔が、こちらを見下ろしている。

だがその澄んだ湖水のごとき瞳は、瀬名に四年前の淫猥で破廉恥な行為の記憶をまざまざと思い出させた。こちらは驚愕で息が止まりそうになったが、男の顔は歓喜したように輝いている。静かに、そして感慨深げに、男が声を発する。

「……ああ、信じられない。本当にまた会えたんだな、きみと！」

容姿からは意外なほど自然で流暢な日本語に、四肢の力が抜けそうになる。匂いだけでなく、男の声も蜜のように甘い。四年前のあのときもその声を耳から注がれ、それだけでどうしてか体の力が抜けたのを覚えている。

オメガの身でアルファの前でそんなふうになるなんて致命的なのに、どうしてか抱擁から逃れることもできない。艶麗な笑みを浮かべて、男が言う。

「やはり僕たちは、運命で結ばれていたんだね？」

男がわずかに声を震わせる。その潤んだ青い瞳を、瀬名は目を見開いて凝視していた。

◆　◆　◆

今から二百数十年ほど前のこと。

人類は謎の病原菌による生殖能力の退化により、存亡の危機に立たされた。

そんな人類を救ったのは、遺伝子操作によってつくられた男女を超えた新しい三つの性、バース性の誕生だ。

知力体力共に大きく秀で、社会をけん引するアルファ性。

アルファには劣るが、性質が穏やかで忍耐強く、丈夫な身体を持つベータ性。

体力的にほかの二つの性に劣ること、発情フェロモンを放って不特定多数のアルファを惑わせてしまう発情期があるため、抑制剤を継続して飲まなければならないことなど、社会生活にやや困難があるものの、妊娠出産能力がずば抜けて高いオメガ性。

現代社会は、その三つのバース性のいずれかに属する人類で構成されている。社会制度そのほかは、婚姻なども含めてそれまでの世界とさほど変わらないが、バース性にしかない関係性も存在している。

その最も顕著なものは、アルファとオメガとの間で結ばれる「番」の絆だ。

それは発情したオメガと、そのフェロモンに煽られたアルファとの激しい情交のさなか、アルファがオメガの首を噛むことによって成立する排他的な関係で、オメガの発情フェロモンはそれ以降、番のアルファだけを昂らせるものとなり、アルファも番のオメガ以外の発情フェロモンには影響されなくなる。

番の中でも「運命の番」と呼ばれる個体同士は結びつきが強く、初対面でも相手が自分にとって特別な存在だと認識できるといわれているのだが、あまりにも特別であるがゆえに、運命の番同士が出会える確率は、一般的に言ってとても低い。

仮に出会えたとしても、めでたく結ばれるとは限らないのだが――。

「……いらっしゃいませ。『シュン』様ですね？」

黒服のドアマンが、瀬名が見せた白いカードをブラックライトで読み取って告げる。こくりとうなずくと、蛇と林檎でハート形をかたどった絵が描かれた重々しい扉が、すっと開いた。緊張しながら中に入ると、ズンと響く重低音が体を揺らした。

明滅するライトの中、機械的なビートに合わせて身をくねらせている人影は、皆思い思いの奇抜な装束に身を包み、その目元をマスクで隠している。都心の真ん中にこんな秘密めいた地下クラブがあるなんて、瀬名はそのときまで少しも知らなかった。

（……本当にここに、成也《なるや》が監禁されてるのか……？）

これは、四年ほど前の話だ。

瀬名はまだ警察官ではなく、新卒で入った民間警備会社に勤める会社員だった。

瀬名はオメガでありながら、家庭の方針で幼い頃から武術を習い、体も鍛えていたので、その会社に事務職員としてではなく、警備員として採用された初めてのオメガだった。

小柄なベータと同じくらいの体格をしており、アルファの暴走などによる事故を防ぐためのチョーカーを首につけていなければ、あの頃はもちろん今でも、一見してオメガだと気づかれることはない。今から振り返ると、このときの瀬名は、そんな自分を過信していたのかもしれない。

『瀬名君、お願い。僕を助けて！』

首都圏近郊の地方都市で生まれ育ち、同じ小中学校に通っていた同級生で、瀬名と同じくオメガ性の三木《みき》成也。

とても気弱で繊細な子供で、いじめに遭ったり不登校になったりするたび、瀬名が助け、励ましてきた幼なじみだ。高校を出て東京で働き出した彼とはその後も定期的にやりとりしていたのだが、あるとき突然失踪してしまい、家族から捜索願が出されていた。

心配だったので、瀬名も忙しい仕事の合間を縫って捜していたのだが、ある日見覚えのないアドレスから成也の名でぽつぽつとメッセージが届き始め、その内容に驚愕した。

自分は今、都心の地下クラブに監禁されている、警察に連絡しようとしたり、逃げようとすると暴力を振るわれるから怖くてできない、もう瀬名君しか頼れない、なんとか助けに来てほしい――。

どうにかしてこっそりと送っているのだろう、成也はそんな悲痛なメッセージを、何度かに分けて瀬名によこしてきた。

地下クラブとやらを見つけ出すのも、そこに出入りできる人間のつてをたどるのもとても大変だったが、瀬名はなんとかここまで来られた。

レンタルした少し古風な服に、マントで首のチョーカーを隠して、目元には陶製の仮面。

偽造した白い招待カードを胸ポケットにしまい、フロアへと入っていく。

あとはどうやって成也を見つけ出すかだが……。

(慎重にしないとだな)

室内は暗くて、奥行きがよくわからない。コスプレみたいな格好でマスクの下に素性を隠した人の群れも、一見しただけでは男女はおろかバース性すらも把握しづらい。

大多数の体が大きい人々はアルファ、それ以外はベータだと思うが、ベータの数は少ない。そしてオメガは、もしかしたら自分一人なのではないか。

「……新顔だな。と言っても、どんな顔をしているのかはわからないが」

広いフロアの壁際に立って揺れる人波を眺めていたら、傍に来た貴族風の装束の人物に声をかけられた。

ほっそりしているが背が高いアルファ。目元は仮面に覆われていてこちらからも表情は見えない。警戒しながらも、瀬名は答えた。

「今日、初めて招待されたんです。友達と待ち合わせをしているんですけど、ここ、携帯の電波が入らないから持ってきても意味がないって言われて。この感じだと、見つけるのは大変そうだ」

「ここでは皆、真実の姿を隠しているからね。でも、きっとお友達と会えなくても楽しく過ごせますよ。まずは一杯いかがです？」

貴族風の装束の男が言って、バーカウンターのほうへと誘う。

ついていくと、男がバーテンダーに告げた。

「ギムレットを。あなたは……？」

「……あ、じゃあ、カンパリソーダを」

あまり飲む気はなかったが、何か手に持っていたほうが怪しまれないだろう。

愛想のいい笑みを浮かべたバーテンダーからグラスを受け取ると、男が楽しげに言った。

「ようこそ、愛の楽園へ！　あなたに素晴らしき愛が降り注ぎますよう！　乾杯！」

「か、乾杯……」

愛の楽園とはまた仰々しいが、そういえばこの地下クラブは関係者の間では「アモル」、ラテン語で愛と呼ばれているようだ。こんな場所に、いったいどんな事情で成也は監禁されているのだろう。

「さて、新顔君。あなたをなんとお呼びすれば？」

「……ええと、シュン、で」

「『シュン』、か。楽しい夜になるといいね。あなたにとっても」

「俺にとっても、って？」

聞き返すが、男は口元に意味ありげな笑みを浮かべて黙ってしまった。

酒を飲みながら言葉を探していると、不意に音楽がやみ、残響が身を包んだ。

妙な間に違和感を覚えた、次の瞬間。

(なっ……？)

フロアに集う人々がいっせいにこちらを見たので、危うく叫びそうになった。

瀬名を見つめるたくさんの仮面の顔。まるで視線の針に刺されているみたいだ。あまりのことに、身動き一つできず立ちすくんでいると――。

「……っ？」

突然、腹の底がジンジンと熱くなり、体がぶるぶると震え始めたから、思わず目を見開いた。まさか、と思っているうちに背筋をしびれが駆け上がって、息がはあはあと荒くなってくる。

あり得ない、と否定したかったが、我が身に起こり始めた異変は、明らかに発情の兆候だ。でも、普段から発情は抑制剤できちんと管理しているし、こんなところでなんの前触れもなくいきなり発情するわけがない。いったい、どうして……。

「……ふふ、匂ってきた。『シュン』、あなたの発情フェロモンは、青みがあるいい匂いをしているんだな！」

目の前の男が上ずった声で言う。

「素晴らしき『愛の供物』……、さあ、彼にライトを当ててくれ！」

男が叫ぶと、顔に向けてまばゆいスポットライトが当てられ、目がくらんで周りが見えなくなった。驚いて手で光を遮ると、周囲から異様な声が届いた。

うなり、あえぎ、そして陶酔したみたいなエロティックなため息。

フロアにいるアルファが、瀬名の発情フェロモンに反応し始めている。肌が粟立ちそうなほどの恐怖で、胃がキュッと締めつけられる。

（……逃げ、なきゃっ）

ここで本格的に発情してしまえば、アルファを煽って欲情させてしまう。理性を失ったアルファに複数人で襲われたら、どれだけ鍛えているといっても逃げられるとは思えなかった。今すぐ出口まで走れば、なんとか――――。

「イイッツ、ショータァーイッムッ！」

唐突に耳を覆いたくなるほどの声が響き、スピーカーから激しいビートが鳴り始める。

うおお、という低い歓声に知らずひるんだ一瞬に、瀬名の体がふわりと浮いた。

「う、うわぁあー！」

気づけば瀬名は、たくさんの人の手で御輿《みこし》のように体を持ち上げられ、軽々とフロアの奥へと運ばれていた。

熱狂に包まれるフロア。瀬名が発するフェロモンと明滅するライト、そして激しい電子ドラムのビートが、まるで太古の昔の原始的な宗教儀式か何かのように、人々を狂乱へと駆り立てていくのがわかる。瀬名はフロアの最奥、ソファがコの字形に並べられ、柔らかいカーペットが敷かれた一角に連れ込まれた。

自分はここで、アルファにレイプされる。

恐怖が現実味を帯びてきて、ガタガタと体が震えてくる。

「……っ、や、めろっ、触る、なっ」

執拗に瀬名を照らすスポットライトの中、荒い息をして体から衣服をはぎ取ろうとする手に、必死に抗う。

けれど発情が激しくなってきたせいか、四肢がまともに動かない。思考もうっすらもやがかかってきて、どうしたらこの状況から逃れられるのか考えようとしても、頭が働かなくなってくる。まるで悪い酒に酔ったときみたいに。

（酒……、何か、盛られたのか……？）

あまりにも突然の発情だ。イベントでも始まったみたいな雰囲気といい、これは完全に店もグルだろう。もしや成也も、ここでこんな目に遭ったのか……？

「あぁ、オメガだぁ、オメガの匂いだぁ～」

「俺たちが欲望を満たしてやるぞぅっ」

「っ、ぁ！　い、やだっ、触っ、らなっ……！」

仮面のアルファたちが、半裸の瀬名の体をまさぐる。

ゾッとするほど気分が悪いのに、発情しているせいか触れられるだけで腰がビクビクと跳ねる。脱がされまいと必死で押さえている下着の中で、瀬名自身が反応している気配すらもあって、絶望的な気持ちになってくる。

成也を助けたくてここまで来たのに、こんなことになるなんて思わなかった。もはやどうしようもないのかと、諦めかけたそのとき。

「っ……？」

なんの前触れもなく、スピーカーからうるさく鳴り響いていた機械的なビートがやんだので、一瞬耳がおかしくなったのかと疑った。

フロアにどよめきが起こったから、今度はどうしたのかと辺りを見回す。

すると、フロアの反対側の壁際にスポットライトが当たり、そこに螺旋状の階段があるのが目に入った。ライトがゆっくりと上がっていくと……。

「……『ジン』だ！」

届いた声に目を凝らす。階段を上り切った場所に、フロックコートのような装束をまとった長い銀髪の人物が、赤いベルベットのカーテンを背にして立っているのが見えた。目元は金色に光るマスクで覆われていて、帝王然とこちらを睥睨している。

その立ち姿だけで、彼がアルファであること、そしてこの場にいるほかの誰よりも強い生命力を誇る、アルファの中の強者であることがわかる。

「ああ、本当だ。『ジン』が来るの、久しぶりだな」

「なんだよぅ、もしかして、こいつをご所望なのかぁ？」

「くそぅ、いったいいくらで買ったんだよぉ」

瀬名に群がっていたアルファたちが、落胆したみたいな声を出す。そうして潮が引くみたいに瀬名の体から離れていったから、当惑しつつも一瞬安堵した。

だが、まだ何一つ楽観できる状況ではない。買った、というのはいったい……？

「……彼をこちらへ。惜しみなく、愛を与えたい」

低く柔らかな男の声を合図にしたように、スピーカーからパイプオルガンの重厚な調べが鳴り始めた。

大仰な演出にも、なぜかフロアが沸き上がる。発情で疼く体が汗ばむのを感じていると、仮面をつけた黒服が三人現れて、瀬名の手足や首をつかんで持ち上げ、階段のほうへと歩き出した。フロアからはやし立てるような声が上がる。

「『ジン』！　『ジン』！」

「つ、なせっ、放、せぇっ」

黒服たちのために道を空けたフロアの人々の間を運ばれながら、必死でもがいてみるけれど、なんの抵抗もできぬまま肉塊か何かのように上階へと移動させられる。

やがて階段を上り切ると、待っていた「ジン」と呼ばれた男が口の端をキュッと上げて微笑んだ。そうして白い革の手袋をした手をすっと上げる。

壁際にかかっていた赤いカーテンが、まるで舞台の幕が開くように持ち上がる。

「おおおー！」

フロアから興奮した声が上がる。

そこはガラス張りの、おそらくはクラブのゲストのためのＶＩＰルームとして使われている部屋のようだった。青白い照明が近未来的な雰囲気を醸し出している。

だが壁には怪しげな器具や革の枷、鞭などが飾られ、天井からは鎖が下りている。

鎖の先端には、黒い革の手枷がついていて……。

「……っ！　やっ！　やめろっ、放せっ、放してくれっ！」

黒服たちに部屋に連れ込まれ、有無を言わせず腕を高く上げさせられて、手枷で手首を拘束される。室内の壁に突き出たレバーを操作して鎖を巻き上げられ、かろうじてつま先がつくかつかないかくらいの嫌な高さに固定されたから、全身が冷たい汗で濡れた。

部屋を出ていく黒服たちに、「ジン」が優雅な口調で言う。

「ありがとう、諸君。あとは二人きりにしてくれ」

ガラスのドアが閉まると、パイプオルガンの調べがぐっと遠のき、やがてまたテンポの激しいＥＤＭ《エレクトニックダンスミュージック》に変わったのがわかった。この「ジン」という男は、どうやらここで瀬名を独占して、好きにいたぶろうというつもりのようだ。

だが二人きりといっても、明け透けなガラス張りの壁面の向こう、先ほどのフロアには仮面の群衆がいる。階段の上まで上ってきて、不躾にこちらを覗き込んでいる者も見える。まさか見世物にでもするつもりで――――？

「……ああ、やっぱりきみの匂いは、ほかと違って特徴的だな。薬の匂いを差し引いても、こんなにも甘くうっとりする匂いは初めてだ」

「……っ？」

「『シュン』、だったかな？　まあ偽名はどうでもいい。フロアに入ってきたときから気を引かれたよ。もしやきみとは、以前に会っているか？」

「ジン」が言いながら、こちらに近づいてくる。

アルファらしい長身に広い肩、厚い胸板。長い銀の髪は、おそらくウイッグだろう。お互い仮面をつけていて顔が見えないから、以前に会ったことがある人物かどうかはっきりと判断しようがないが、「ジン」が傍に来るにつれ、瀬名の鼻腔にもかすかな甘みのある香りが流れ込んできた。

まるで花の蜜のような、今まで嗅いだことのないタイプの絡みつく香り。

これはどうやら、「ジン」という男から発せられている匂いのようだ。互いに甘い匂いを感じ合っているということなのか。

(……なんなんだ、これっ……？)

「ジン」が発する花の蜜みたいな香りが強くなるにつれて、発情した体の芯がぐつぐつと滾ったようになって、呼吸が浅くなり始めた。乱れた衣服の下は汗ばみ、ボクサーパンツの中では己が頭をもたげ出して、後孔もはしたなく潤み始める。

――――自分は発情しているだけでなく、目の前のアルファ、今初めて出会い、拘束して自由を奪って犯そうとしている男に、激しく欲情している。

そう気づいて愕然とする。「ジン」が口の端を上げて楽しげに言う。

「濡れた目をしているね。あんなに騒いで抵抗していたのに、ずいぶんと欲望に素直なオメガだ。僕に欲情しているのか？」

「ち、がっ」

「否定しなくてもいい。だがあまり従順でも、彼らは少々退屈だろうな」

ちらりとガラスの向こうに顔を向けて、「ジン」が言う。

「発情したオメガを犯し、快楽で堕として哀願させ、とことんまで啼かせてもてあそぶのが、彼らの好みだからね」

「なっ」

「下種な趣味だが、ここではごく当たり前の嗜好さ。普通は、それを望んでやってきたオメガとプレイに興じるのだから」

「つあ、よ、せっ」

「ジン」が瀬名の目の前に立ち、乱れたシャツの前を手袋をした手で大きく開いたから、身をよじって抵抗した。

だがこんな状態ではそれも無意味だ。マントや靴、靴下は下ではぎ取られていたから、すでに脱げかけていたズボンを引き下ろされたら、身につけているものはボクサーパンツと前の開いたシャツ、それに仮面と首のチョーカーだけになった。

ボクサーパンツの膨らみから、自身が欲望の形になっているのを感じて、羞恥で頭が熱くなる。ガラスの向こうに張りついてこちらを覗いている連中が、下品な口笛をよこす。

「あ、あんたは、ここで俺をっ、犯すつもりなのかっ？」

今さらのようにそう訊ねると、「ジン」がクスリと笑い、吊るされた瀬名の体を眺めながら周りを回った。そうして背後に立ち、どこか絡みつくような声でゆっくりと言う。

「発情したエロティックなオメガが目の前にいるんだ。腹の奥まで己で貫いて欲望を遂げたいと思わないアルファは、ここにはいないさ」

「ふ、ぅっ」

男の声が耳に注がれると、どうしてか体から力が抜けそうになった。

低く淫猥な声の調子は、蜜のように甘く瀬名を惑わす。背中に身を寄せられ、後ろから体を抱くように手袋をした手を前に回されたら、彼の甘い匂いに全身が包み込まれた。

フロックコート越しに男の高い体温を感じて、犯される恐怖に震える。

なのに腹の底はじくじくと疼いて、体が昂っていくのを感じる。

発情すればアルファを求め、感情もないのに体が濡れてしまう屈辱。

いつもは発情を抑制剤できちんと抑えているし、オメガであることにマイナスの感情を抱いたりはしないのに、こうなってしまうとオメガの体に生まれたことがたまらなく悔しい。力を振り絞ってぶんぶんと首を横に振って、瀬名は言った。

「お、れはっ、嫌だっ！　俺はこんなことのために、ここに来たわけじゃっ」

「ではなぜ招待カードを持ってここに？」

「それ、は……」

成也を見つけてもいないのに、彼のことを話すわけにはいかないが、この「ジン」という男は、どうやらここでは一目置かれているようだ。

こうなったら何か少しでも情報を得たい。瀬名は警戒しながら振り返り、仮面から覗く「ジン」の目を間近で見つめた。

銀のウイッグに合わせてカラーコンタクトレンズをつけているのか、うっすら見えるその瞳は青い色をしている。ごくりと唾を飲んで、瀬名は言った。

「人を、捜しにだ」

「人捜し、か。もしや、恋人か誰かかな？」

「違う、友達だ。ちょっとトラブルで、迎えに来てって、そう言われたから」

成也には監禁されていると言われたが、少なくとも嘘はついていない。「ジン」が静かに訊いてくる。

「お友達のバース性は？」

「……オメガ、だ」

「年齢は？」

「俺と、同じくらい」

そこまで言ってしまって大丈夫だろうかと一瞬思ったが、望んでここに来るオメガが珍しくないのなら、それが成也だと特定される可能性は低いだろう。

「ジン」がふむ、と小さく息を吐いて瀬名の耳に口唇を寄せ、声を潜めて訊いてくる。

「……誰かに、それを話したか？」

「い、いや、誰にも」

「それはよかった。きみにはまだ生き延びるチャンスがある」

「えっ？」

「ここは秘密主義が徹底しているからね。トラブルなんて話を誰かに洩らしてでもいたら、きみもお友達も生きて明日の朝を迎えることはなかったかもしれない。何につけ深入りは禁物なのさ、ここは」

瀬名の胸や腹を、手袋をした手でまさぐるように撫で回しながら、「ジン」がさらりとそんなことを言うので、思わず息をのんでしまう。

すると「ジン」が、吊るされた瀬名の体をくるりと反転させ、腰を抱き寄せてきた。

そうしてボクサーパンツの上から尻を撫でながら、言葉を続ける。

「むろん、そうでなくても外の連中は凶悪だ。嫌がるきみを集団で一晩中いたぶるくらいはするだろう。こんな目に遭うなら死んだほうがましだと、そう思わされるほどにね」

「っ……」

「それでもお友達を捜したいのなら、枷を外してきみを彼らの中に放とう。だがもしもきみが、最小限のダメージでここを出たいと思うのなら……、どうかこのままおとなしくしていてくれ」

「な……？」

穏やかな口調で言われたが、一瞬意味が理解できなかった。

だが「ジン」の言葉を反芻して、瀬名ははっと気づいた。

もしや彼は、自分を助けてくれようと……？

「……ン、んっ……！」

仮面の顔を凝視していたら、「ジン」に前触れもなく口づけられた。

首を振って抗おうとしたけれど、後頭部を手で押さえられ、頭の角度を固定されて、口腔に舌を差し入れられる。

肉厚で熱っぽい、アルファの舌の感触。見知らぬアルファとキスするなんてゾッとする。殴られてもかまわないから、思い切り舌を噛んでやろう。確かに、そう思ったのに。

「……ぁ、ふっ、ん……、ん、んっ……」

喉の奥から、思いもしなかったような甘ったるい吐息がこぼれたから、驚いてしまう。

発情しているせいなのか、それとも彼が発する匂いに惑わされているせいなのか。

口腔を這い回る「ジン」の舌は、信じられないほど甘い味わいだった。瀬名の舌に絡み、舌裏を撫でて軽く持ち上げられただけで、背筋にビンとしびれが走る。

彼の吐息からも、交わる唾液からも、あの濃密な花の蜜の香りが漂って、どうにかなってしまいそうなほど欲情が昂った。たまらず口唇で吸いつき返し、意地汚く熱い舌を食むと、「ジン」がクッと喉で笑い、お返しみたいに瀬名の舌を口唇で吸ってきた。

「ぁ、うっ、ん、ふっ……!」

ちゅるり、ちゅるりと濡れた音を立てて、「ジン」が口唇で何度も瀬名の舌をしゃぶる。

それだけで腹の底が疼き、悦びで腰が跳ねる。

初めて出会った相手とのキス、それも拘束されて無理やりされているのに、瀬名の体は芯から熱くなり、淫らに蕩けていくようだ。後ろもますます潤み、きつく張り詰めた欲望の切っ先は期待の涙を流して、ボクサーパンツを淫猥に濡らす。

どうしてか乳首もきゅうっと硬くなって、触れてほしいと誘うみたいに勃ち上がった。

「ジン」がキスをしながら、手袋をした手で瀬名の乳首に触れてくる。

「ん、んっ、ん、むっ」

革手袋のしっとりとした感触のせいか、胸に触れられると背筋にずくんと快感が走る。指の腹でつままれてくにゅくにゅともてあそばれるだけで、腹の奥がひくひくと震えた。

そこが気持ちのいいところだなんて、思いもしなかった。

(感じて、るのか、俺はっ……?)

もっと、欲しい。もっと感じたい。口だけでなく体中に、キスだけでなく指先で、触れてなぞって感じさせてほしい。そうして巨大なアルファ生殖器を後孔に挿し入れて、激しく突き立てて揺さぶってくれたら……。

腹の底から湧いてくる欲望に、理性はほんの少しも逆らえない。もはや誤魔化しようがないほど欲情し、とろとろに濡れた瀬名の体を、「ジン」が包むように抱擁してくる。

「ぁ、うぅっ……」

下腹部同士を重ねられ、衣服越しに「ジン」の肉茎が硬く勃ち上がっているのを感じて、みっともなくあえいだ。口唇を重ねたまま無意識に腰を揺すると、欲望同士が擦れ合ってそこに確かな快感が走る。ゆっくりと口唇を離して、「ジン」が言う。

「お行儀が悪いぞ。もうそんなにも昂ってしまったのか？」

「ち、がっ、お、れはっ」

「はち切れそうじゃないか。こうすると、いいんだろう？」

「ひ、ぁっ、や、めっ」

「ジン」が腰を揺すって、重なった局部を擦り合わせてきたから、上ずった拒絶の声を放つけれど、衣服越しでも熱を感じるほど硬くなったアルファの肉杭で幹をゴリゴリと摩擦されると、もうそれだけで達しそうなくらい悦びを感じてしまう。

止めようにも止められぬまま、「ジン」の動きに合わせて腰を跳ねさせると、彼が応えて己をきつく押しつけてきた。

まるで盛りがついた犬みたいに、腹の底から射精感がせり上がってくる。

「あ、あっ、だ、めだっ、俺、こん、なっ」

「達《い》きそうなのか、これだけで？」

「ぃ、やだっ、こ、なのっ、ぁあ、ああ」

達きたい体と達きたくない心がせめぎ合って、頭の中がぐちゃぐちゃになりそうだ。

大きく息が乱れ始めたのに合わせて、「ジン」が腰の動きを速めたから、あっという間に我慢の限界を超えた。瀬名の腹の奥が、きゅうきゅうと収斂し始める。

「ああっ、あ、達、っ――――」

達しそうになった瞬間、吊るされた体をまたくるりと反転させられて、「ジン」にボクサーパンツを乱暴にはぎ取られた。

あらわになった欲望の切っ先から、ドクドクと白濁液が溢れてくる。

「つ、ぁ……、あ、あ……！」

ビクン、ビクンと身を跳ねさせて精を放つ瀬名を、ガラスの壁の向こうに張りついている仮面のギャラリーが楽しげに眺める。

隠したくともどうすることもできず、滴る男精で足と床とが白く汚れていくばかりだ。

最悪だ。あんな下種な連中が見ている前で、ぶざまに射精させられるなんて。

「……悪いね、恥ずかしい思いをさせて。少しはここの客らしい振る舞いをしないと、誰に何を疑われるかわからないんだ」

背後から身を寄せて、「ジン」がささやく。

「僕は今から、ここできみを犯す。だが、決してきみを辱める意図はない。難しいことだとは思うが、どうかそれをわかっていてほしい」

誠実で温かみのある声が、瀬名の蕩けた意識にジワリとしみ込む。

やはりこの「ジン」という男は、自分を助けてくれるつもりのようだ。

地獄で仏とはこのことだし、外の連中に輪姦されるより、ここで彼一人に犯されるほうが、身も心もダメージが少ないのも確かだろうが——。

「……俺、は、初めて、なんだ」

足からボクサーパンツを引き抜かれながら、瀬名は小さく言った。

「ジン」が意外そうな声で聞き返す。

「初めて？　……もしや、セックスが、ということか？」

「ああ、そうだよっ。俺はヴァージンのオメガなんだっ」

瀬名は今まで、オメガでありながらベータや、ときにはアルファとも対等に肩を並べて生きてきた。別に肩肘を張ってきたつもりはないのだが、ずっと恋愛とは無縁で、誰かと触れ合ったこともないのだ。

それがこんなところで衆人環視の中、初対面の相手に初めてを奪われることになるなんて、まさか思いもしなかった。今は発情しているから感傷よりも劣情が強いが、正気に返ったらどう感じるのだろう。

「……そうか。それなら、なおさらきみを外の連中には渡せないな」

「ジン」がそう言って、瀬名の背中からすっと身を引く。

そのまま壁際に行って怪しげな器具類が置かれた棚を眺め、ガラスの瓶を手に取ってから、壁のレバーの前まで行って、困ったように言う。

「オメガの処女が好きだという者も、ここには多くてね。何をどうするのが好きなのかは、僕の口からは言うのもはばかられるが」

「……っ」

「心配しなくても僕には嗜虐趣味はないよ。なるべくつらくないようにする。ときに、オメガ子宮口の保護具は何型をつけている？」

「……え……？」

思いがけない質問に軽い混乱を覚える。

発情期のある大人のオメガで、結婚や妊娠を望まない者なら、不測の事態に備えて避妊具を兼ねた保護具を装着しているのが一般的だが、ここでそんなことを訊かれるとは思わなかった。何型という名前なのか忘れてしまったので、少し考えて、瀬名は答えた。

「ええ、と……、あれだよ。入り口全体を大きく覆って、中まで保護する形の……」

「厚労省認可タイプAか。なら、こちらはゴムは使わないでさせてもらおう。そのほうがきみの発情を早期に抑えられる。タイプAを装着済みなら妊娠の可能性はほとんどないから、そこは安心してほしい。もちろん、中で出したりはしないつもりだけどね」

(安心、って……)

これからレイプしようとしている相手に、ずいぶんと丁寧なことを言うものだ。まるで医者が患者に手術の内容を説明してでもいるみたいな……。

「あっ……」

「ジン」がレバーを引いたので、瀬名を吊るしている鎖が伸び、両足の裏が床についた。

でも発情と射精の余韻のせいで体がガクガクして、鎖がなければ立っていられない。

鎖にしがみついてどうにか身を支えていると、「ジン」がまた背後にやってきて、腰を突き出した格好にさせられた。

そのまま、狭間にとろりとしたゼリー状の液体を垂らされてビクリとする。

たぶん、潤滑剤のようなものなのだろう。「ジン」が手袋を外してそれを手にも垂らし、瀬名の後孔に触れてくる。

「あ、ぅうっ」

瀬名の秘められた孔は、先ほどからじくじくと潤んだ気配がしていた。窄まった外襞に冷たいゼリーをほどこされ、指先でくるりとなぞられて、背筋がゾクゾクと震える。

そこが感じる場所であり、オメガにとっては交接器官なのだと初めて実感して、何やらいたたまれない気持ちになる。

「中に触れるよ？」

「……っ、ぁっ」

指をつぷりと沈められ、ゼリーを絡めてくるくるとなぞられて、胃がキュッとなった。

体の中を誰かに触られるなんて、医者にオメガ子宮口保護具を挿入されたときを除けば、初めてのことだ。ひどく気持ちが悪いが、瀬名の中は「ジン」の指の動きによって徐々に押し広げられていく。

ゼリーを注ぎ足しながら指を二本、三本と増やされても、痛みなどはなかったが、他人に体を開かれていく嫌悪感で、わなわなと手足が震える。いよいよ瀬名が犯されるとわかったからか、ガラス壁の向こうのギャラリーが先ほどよりも増えてきた。

もう、今この場で自分にできることは何もない。これ以上ないほどの無力感を覚えて、頭を持ち上げていることもできなくなった。

力なく顔を伏せると、「ジン」が慰めの声をかけるように言った。

「……そう、そうやってすべて投げ出して、抵抗せずに僕を受け入れるんだ。この甘い匂いが幻臭でないのなら、きみはそれほど苦しむこともないだろうからね」

「……な、にを、言って……？」

「おそらく抱き合えばわかる。僕たちが『本物』なのかどうか」

「ジン」が意味ありげにそう言って、ひらりと身をひるがえして瀬名の背後から離れる。

言っていることがまるでわからないが、「ジン」は何か思うところがあるようだ。

一度棚のほうへ行って傍に置かれたフィンガーボールで手を洗い、優雅にリネンで拭う。それからこちらに戻ってきて、背後でしゅるりと音を立てて衣服を緩めてから、瀬名の腰を両手でつかんで引き寄せた。

「ん、ぁっ」

熱く硬いものでぬるりと狭間を一撫でされ、それだけで腰が跳ねる。

屹立したアルファ生殖器は一般的には巨大で、付け根のところに亀頭球というこぶがある。アルファ性の放つおびただしい量の精液を性交相手の腹にとどめ、溢れ出ないように栓をするための、アルファにしかない部位だ。

グロテスクな肉の凶器みたいなアルファ生殖器の実物を見たことはないが、見なくてすむこの体位で犯されるなら、そのほうがいい気もする。

むろん、見ようが見まいがされることは一緒なのだが。

「挿《い》れるよ。楽にしていてくれ」

「……ぅ、あ、あっ……！」

「ジン」の手でほどかれた後孔に、彼が切っ先を押し当て、腰を進めてくる。

今までに経験したことのない、雄を挿入される感触。

くぷん、と濡れた音を立てて先端部を埋め込まれただけで、脂汗が浮かんでくる。熱した鉄球か何かのような、重さと温度感。その熱と、みっしりとした質感が恐ろしくて、体を支える膝がガクガクと震えてしまう。

腕を吊り上げる鎖を手繰って、前に逃れようとしたけれど、「ジン」の大きな手に腰をがっちりとつかまれ、元の位置に引き戻された。そのまま、幹の部分を沈められる。

「く、ぅっ、あっ、あっ……！」

腰を使って雄で穿つように肉の襞を押し広げながら、「ジン」が彼の肉杭をずぶずぶと沈めてくる。

ゼリーをほどこされ、指で丁寧にほどかれたからか痛みはないが、ボリュームのすさまじさと、腹を内から焼かれそうな熱さは信じられないほどで、他者に体を侵食されている事実をはっきりと感じさせられる。「ジン」が腰を揺すり上げ、瀬名の双丘に下腹部をぴしゃりと叩きつけて最奥を貫くと、喉から上ずった悲鳴が洩れた。

いっぱいまで開かれた窄まりにはめ込まれたひときわ熱い部分は、彼の亀頭球だろうか。腹の奥までアルファの肉棒を貫き通され、串刺しにでもされたみたいな気分だ。

もはやまともに息もできずにただ身悶えるばかりの瀬名の姿に、ガラスの向こうの下種な見物人たちが、揶揄とも嘲りともつかない声を出す。

「……熱いな、きみの中は」

「ジン」がため息交じりに言う。

「ほら、全部入っている。深いところまで、僕を感じるだろう？」

「あぅっ、うっ……！」

下腹部を瀬名に押しつけたまま、「ジン」が雄で中をかき混ぜるみたいに動かしたので、上体が大きく跳ねた。それだけで視界が明滅するほどの衝撃を覚えるのに、動かれて摩擦されたらどうなってしまうのか。おののく瀬名の背後で、「ジン」が思案げに言う。

「ゼリーがあるせいか、いまひとつ生身のきみを感じられないな」

「……？」

「まあいい、どうせすぐにかき出されてしまうんだ。そうしたらきみを感じられる。きみの匂いに包まれて、きみと一つになれる」

「ジン」がどうしてか、夢見るみたいな口調で言う。

「どうか見定めさせてくれ、この邂逅の意味を。僕ときみとの、運命を」

「……ぅあっ！　はっ、ああっ、あああ！」

「ジン」が瀬名の中で動き始めたから、こらえようもなく声が洩れる。

運命だなんて、何を言っているのだろうと訝ったが、体を剛直で貫かれ、中を擦り立てられる衝撃は、ほかに例えるものが思いつかないほど強烈で、すぐに思考も何もかも吹き飛ばされた。彼が行き来するたび内壁を抉られ、肉襞を容赦なくまくり上げられて、身の内を犯されている感覚をこれでもかと突きつけられる。

ぐっと内奥を突かれ、引き抜かれるたびに、体温で温まったゼリーが彼の張り出したカリ首でかき出され、結合部からとぷり、とぷりと溢れ出てきた。

内股を不快なぬめりとともに伝い落ちていくゼリーの感触に、この上ない羞恥を覚える。

(嫌、だっ、こんなっ……!)

辱める意図はないと言われても、発情した体を拘束され、なすすべなく犯される屈辱は、オメガであればこそ耐えがたい。恋人でもない初対面のアルファである「ジン」を欲情させ、こんなにも昂らせているのは、ほかならぬ自分の発情フェロモンなのだ。

そう思うと、オメガとして生まれた己を嫌悪してしまいそうだ。

せめて声くらいはこらえて、なんとか自分を保たなければ。ぐっと口唇を噛んで声を殺す瀬名に、「ジン」が気遣うふうに言う。

「声をこらえると、逆につらいぞ?」

「つ、ぅつ……」

「ここから先は、特にね。ああほら、もうきみの中が応え始めた」

「ジン」が言って、ほう、とため息をつく。

「とろっと潤んで、僕を甘く受け止めて……、わかるだろう？」

「んっ、ん……？」

応える、というのがどういう状態かよくわからなかったが、確かに彼の言うとおり、内筒の中が何か少し変化して、徐々に「ジン」の動きがスムーズになっていく。

ゼリーはほぼこぼれ落ちてしまったのに、彼が出入りするたび、かすかにくちゅくちゅと淫靡な水音がしてくる。摩擦の感触も少し滑らかになって、肉杭の熱に反応するように瀬名の中筒も熱っぽくなってきた。

愛もなく、なんの感情も抱いていない相手に手もなく犯されているというのに、この体は潤み、雄を受け入れ始めているようだ。

オメガの自分にとっては、それもまた、耐えがたいほどの屈辱で……。

「ふう、すごいな。きみの中が僕に吸いつき始めた。きみに包まれていくみたいだ」

「ジン」が腰を揺らしながらまた一つため息をついて、うっとりと言う。

「やはりきみは、僕にとって特別みたいだ。きみのほうは、まだ何も感じないか？」

「……ん、ぅっ、なに、を……？」

「運命をだよ。『ここでこうなることは、必然だった』。そんな感覚のことさ。僕は今、きみにそれを感じ始めているんだよ」

「ジン」が興奮した声で言って、瀬名の背中に上体を重ね、肩に顎を乗せてくる。

まったくわけがわからない。こちらとしては、こんな必然があってたまるかという気持ちしかないのに。

「お、れにはっ、そんな、ことっ……、んんっ、ぁっ、あ」

否定しようとしたが、「ジン」に大きな動きで揺さぶられ、背後から漂う彼の甘い匂いに鼻腔をくすぐられているうち、なぜだか妙な感覚に陥り始めた。

かすかに弾んだ彼の呼吸。寄せては返す波のように瀬名の中を行き来する、したたかな剛直の感触。

これが必然だなんて、まさかそんなことは思わない。だが自分につながる生身のアルファの肉体を意識するうち、どうしてか体の芯がしびれ、胸が震えてきたのを感じた。

このアルファと自分とは、何かがつながっている。

どうしてかそんな気がして、凌辱される屈辱感が和らいでいく。

それどころかもっと深くまで結び合いたくなって、無意識に腰が揺れてしまう。

内腔も彼を求めるようにとろとろと蕩け、律動する熱杭にピタピタと密着し出した。

いったいどうして、こんなふうに……？

「……ん、うっ、はぁ、ああっ」

腹の底にひたひたと快い感覚が広がり出したから、甘い声がこぼれた。

犯されてそんな声が出るなんて思わなかったから、焦って抑えようとしたけれど、内奥まで突き上げてくる深い抽挿のたびゾクゾクするような悦びが背筋を駆け上がり、声を出すのをこらえられない。

もっと彼を感じ、奥の奥まで彼自身をのみ込んで、彼と一つになりたい。

そんな渇望を、どうしてか抑えられない。たまらず、瀬名は鎖をつかみ直して身を支え、「ジン」の動きに合わせて淫らに腰を振り立て始めた。

「ふ、ぁっ！　はあっ、はああっ……！」

腹の底に広がる悦びの大きさに、声が止まらない。瀬名が快楽の淵に堕ちたとみたのか、ガラスの向こうの連中が瀬名の媚態を舐めるように見てくるが、そんな視線などもう気にならない。「ジン」が背後でウッとうなって、瀬名の腰をつかむ手に力を込める。

「ああ、嬉しいよ。きみも、僕を感じてくれているんだね？」

「う、ぅっ、ジ、ンッ、ジンッ」

「ここにいるよ。きみの一番深いところに」

「アアッ！　はあっ、あああっ」

激しく腰を打ちつけられ、最奥をズンズンと突き上げられて、裏返った悲鳴が洩れた。

引き抜かれ、はめ戻されるたび亀頭球まで埋め込まれ、腹の中いっぱいに「ジン」を感じる。それだけで求めていたものを与えられたような気持ちになって、歓喜で泣き出してしまいそうだ。触れられてもいない瀬名自身もいつの間にかぴんと勃ち上がり、ぬらぬらと嬉し涙をこぼしている。腹の底もきゅうきゅうと収縮して、また射精感が募ってきた。

初めて出会ったアルファに拘束されてレイプされているのに、まさかこんなふうになるなんて思わなかった。

「あ、ぅっ、あ、ふ、ジ、ンっ、お、れっ、俺っ……」

「わかるよ、達きそうなんだろう？　いいよ、達ってごらん」

「ジン」が優しく言って、瀬名の耳朶に口づける。

「このまま後ろで僕だけを感じて、己を解き放つんだ」

「ひっ、ああっ、あああっ！」

抽挿のスピードを速められ、結合部からぬちゅぬちゅといやらしい水音が上がる。

前に触れられずに、いったいどうやって達しろというのだろう。

一瞬焦りを覚えたけれど、やがて彼に擦り立てられて熟れた後ろから、頂の大きな波が押し寄せてきた。凄絶な悦びの予感に、全身の肌が粟立ってきて……。

「ぁ、あ――――」

経験したことのない絶頂の大波にさらわれ、目の前が真っ白になった。

体中が快感でしびれ上がり、意識まで飛びそうになる。

自分自身の切っ先から熱いものが大量に流れ出てきたから、失禁してしまったのかと思ったが、それは押し出されるように溢れてきた白蜜だった。

鮮烈すぎるオーガズム。ギャラリーの喝采や口笛も、水底で聞いているみたいに遠い。

「たっぷり出たね。二度目の射精でこれなら、何回か繰り返せばじきに薬も抜けるだろう」

ぽたぽたと滴る瀬名の白いものを肩越しに眺めて、「ジン」が言う。

そうしてぐったりとした瀬名の体を、つながったまま背後から抱え上げ、両足をM字に開いて両腕で抱き支えてきた。

「う、ぁあっ！」

亀頭球まで彼の全部をのみ込まされ、息ができなくなりそうだ。瀬名の局部から結合部まで、余さずあらわになったせいか、ギャラリーからおお、と声が上がる。

「さあ、もう一度だ。心でも体でも僕を感じて、どこまでも気持ちよくなってごらん」

「……っ、あ、ぁ、うぅ……！」

再びの律動に、もはや言葉もない。抗うこともできぬまま、瀬名は「ジン」が与える悦びの拷問に溺れていった。

それから、どのくらいの時間が経った頃だろう。

耳に届く穏やかな声に、瀬名は目を覚ました。

薄く開いた目に映ったのは、流れゆく夜の景色。瀬名は走行中の車の後部座席に腰かけ、ドアにもたれて眠っていたようだ。振動が心地よくてまた目を閉じてしまいそうになる。

『――ええ、そうです。結局今夜も「キング」は現れませんでした。でも、ほかはソノダが遺した情報のとおりでしたね』

「……？」

『「ラビット」も、相変わらず見かけないな。あそこへ行くのも、そろそろ――』

低く柔らかい声は英語のようだったが、話の内容を全部聞き取れるほどのリスニング能力がないので、なんの話をしているのかはわからない。

でもその声には覚えがある。重い頭をもたげて横を向くと、そこにはスーツ姿の金髪の男がいて、携帯電話で通話をしていた。

『わかっています、諦めたりはしないですよ。レイのことは、片ときも忘れたことはない。レイがそれを望むかどうかはわからないけど……、必ず――と、神に誓ったから』

（……リベンジ、って、言ったか、今……？）

復讐、という意味だったか。秀麗で穏やかそうな容姿にはあまり似つかわしくない言葉だ。英語は得意ではないから、聞き間違いかもしれない。レイ、というのは人名のようだが、それも定かではなかった。そもそもこの男は、何者なのだろう。

訝しく思ったところで、男の体から例の甘い匂いが漂ってくることに気づいた。

まさか、こいつは……！

「……やあ、目覚めたね」

金髪の男が電話を切ってこちらを見て、社交的な笑みを見せる。

「そろそろきみを降ろそうと思っていたから、ちょうどよかった。服は好みがわからなかったから、適当に選ばせてもらったよ」

そう言われて我が身を見ると、瀬名もスーツを着ていて、どこかに出張に行ってきたビジネスマンのような姿をしていた。確か何度目かの絶頂のあと、ブラックアウトしたと記憶しているが、気絶している間に身を清め、着替えさせてくれたのだろうか。

「……あ、あんた、『ジン』なのか……？」

「その名で呼ぶのはあそこでだけにしてほしいな。まあ、本名を名乗る気もないが。きみの本当の名前も、訊かないでおくさ」

欧米系白人男性にしか見えない容姿で、違和感のない自然な日本語でそう言われたので、何やら少し混乱する。

瀬名を気絶するまで何度も達かせて啼き乱れさせていたアルファの正体が、こういう見目の人物だったとは、なんだかちょっと想像の斜め上をいっていた。

こんなことを言うのはひどく間抜けな気がしたが、瀬名は思ったままを言った。

「……カラーコンタクトを、つけてるのかなって、思ってた」

「この目は自前だよ。金髪もね。でもこう見えても、僕は日本人だよ？」

さっきまで「ジン」だった男が言って、気遣うように訊ねてくる。

「それよりも、体にどこか痛いところや、つらいところはないか？」

「……よく、わからない」

「そうか。薬は抜けたようだし、発情もおさまっている。ゆっくり休めば、どこもなんともなく日常に戻れるはずだ。少なくとも体のほうはね」

男がよどみなく言って、ためらいを見せながら続ける。

「でも気持ちのほうは……、きみ次第かな。必要を感じたなら、なんらかのセラピーを受けることをすすめるよ。ああいうことのあとには、特に……」

「俺は平気だ。あんたが俺を助けるためにああしたんだってことは、さすがにわかってる。あんたに恨みもないよ」

男が少し意外そうな顔をする。自分でも意外だったが、別に傷ついてはいなかった。

けれどもっと大きな、上手く言えないが強い憤りのような感情が、瀬名の胸にふつふつと沸き上がってきていた。男の秀麗な顔を見据えて、瀬名は訊いた。

「あそこは、いったいなんなんだ。ああいう場所は、ほかにもあるのか？」

「それを聞いてどうする」

「オメガは望んであそこへ行くって、あんたはそう言ってたな？　でも俺は違った。友達を助けるために、つてでなんとかたどり着いた挙句、ああいうことになったんだ」

瀬名は言って、成也のことを考えながら続けた。

「俺だけが望まない結果になったなんて、とても思えない。あそこには最初から、オメガを騙したり、罠にはめたりしてもてあそぼうって奴ばかりが、手ぐすね引いて待ってるんじゃないのか。望まなくても薬を使って発情させて、オメガを思いどおりにしてるんじゃないのかっ？」

声を荒らげたせいか、車の運転手がバックミラー越しにちらりとこちらを見る。

男が少し考えるように視線を浮かせ、それから静かに言う。

「深入りすれば殺されるかもしれないと警告したし、どうにかそうならずにすんだばかりだというのに、きみは僕にそんな質問をするのか？」

「っ！」

「お友達を捜しに来たのも、もしかしたらきみのそういう性分のためなのかな？　青く真っ直ぐな正義感、向こう見ずな行動力、いても立ってもいられぬほどの義憤……。オメガのきみをそんなにも駆り立てるものがなんなのか、僕はとても興味があるな」

鷹揚な笑みを見せて、男が言う。質問に答えるつもりはないと、そう言われているのだろうか。確かに無謀だったし、男の言うとおりではあるけれど。

「……助けてもらったことには感謝してる。でもあんたも、やっぱりあそこの客なんだな。そんなこともわからないのかよ」

侮蔑の気持ちを隠さずにそう言ったが、男は表情を変えない。

感情をぶつけるように、瀬名は言った。

「そんなの、俺がオメガだからに決まってるだろ！　守られるか虐げられるか、ほとんどそのどちらかしか選べない人生ってやつがどんなものなのか、アルファのあんたには絶対にわからないだろうけどな」

脆弱な体で生殖を担うオメガは、保護すべき存在だと、ずっとそう言われてきた。

だがそれは強者の論理だ。アルファの番を得ることが大前提で、保護とは結局のところ、アルファのものになるということと等しいのだ。

それでも、そのアルファに守られて安全に生きていけるなら、自由はなくともまだましなほうかもしれない。

守られるはずが欲望のはけ口にされ、子産みの道具に貶められて縮こまって暮らさざるを得ないオメガ、あるいは番をつくらずたった一人、周りから蔑まれ、食い物にされ、虐げられて生きていくしかないオメガも、決して少数ではない。社会への進出を阻まれ、アルファの庇護の下存在してきたオメガには、長らくほかの選択肢がなかったからだ。

近年のオメガ研究で、体力的な面以外ではほかのバース性との間に能力差はないことがわかり、就労規制が緩和された結果、オメガも様々な職業につけるようになったが、人々の理解が大きく変わったわけではない。オメガなんだからそんなに頑張らなくても、という言葉を、瀬名も周りからかけられてきた。

でも瀬名は、「オメガらしく」あることに抗ってきた。体を鍛え、武術を修めて、アルファやベータに伍して懸命に生きてきたのだ。

たとえそれが、オメガとして生きる上では無駄な抵抗なのだとしても。

「……きみは、実に美しい、いい目をしているね」

「は……？」

「そしてどうやら、僕の予想は間違っていなかったようだ。でもだからこそ、今はどうしてもきみを解き放たなければならない。きみの言うところの守る者にも、そして当然ながら虐げる者にも、僕はなりたくないしね」

「……？　それは、どういう……？」

男の言葉の意味がわからず問い返したところで、車が静かに停車した。

運転手が車の左側に回ってきて後部座席のドアを開け、手ぶりで降りるよううながす。

その肩越しに外に目をやると、星空の下にひなびた小さな駅舎があるのが見えた。

ここがどこだかはわからないが、とにかく生きて解放されるのだ。

まだ実感が湧かないながらもそう思い、車を降りて男のほうを振り返る。

男が小ぶりなビジネスバッグをよこして言う。

「誰かにつけられたりしないように、車を何度か換えてだいぶ遠くまで来たが、ここから始発電車に乗れば、数時間で東京に戻れる。電車賃と着ていた服はこの中だ。きみが東京の住人なのかどうかは、知らないけれどね」

「……『ジン』、あんたは……」

「でも、きっとしばしのお別れだ。きみと僕とは運命でつながっているみたいだからね。いつかまたどこかで会うことになるんじゃないかな？」

瀬名が思わず「ジン」と呼びかけてしまったことはスルーして、男が告げる。

「それまで、きみはきみの歩むべき道を行くといい。僕もそうするつもりだ。そしていつか再会したら、答え合わせをしよう。今夜の邂逅が、必然であったのかどうかを」

瀬名がビジネスバッグを受け取ると、車のドアが閉まり、ゆっくりと走り出した。

夜明け前の薄闇の中、瀬名はしばし茫然と立ち尽くしていた。

◆
◆
◆

『青く真っ直ぐな正義感』――――。

「ジン」に言われた言葉は、決して褒め言葉ではなかった。

でもその長い夜が明け、何事もなかったようにごく普通の日常を送り始めると、見える世界がすっかり変わってしまったことに、瀬名は気づいた。

オメガでも、アルファやベータに伍して社会で働くことができる、自分がそれを証明すると、ずっとそんな気持ちを抱いて生きてきたが、それはただの自己満足にすぎないのではないか。自分のようにはできない、弱者であることから抜け出せないでいるオメガのためにこそ、自分は働くべきではないのか。そんな思いが、日に日に強くなってきたのだ。

地下クラブでの一件では、結局成也も見つけられず、自分には何もできなかったと無力感を覚えて落ち込みもしたが、だからこそ、犯罪やトラブルに巻き込まれることの多いオメガを守る仕事がしたい、オメガのために尽くしたいと、そう考えるようになった。

まさしく『青く真っ直ぐな正義感』そのもののような考えで、それはそれで自己満足だと、「ジン」のような男なら言うかもしれない。

だがそれが、瀬名が警察官を志した理由だ。

採用試験に合格して警視庁の警察官になり、希望していた部署に配属されて忙しく働くうち、いつしかあの夜のことを思い返すこともなくなっていた。

彼と本当にまた会えるのかということを、ずっと無意識に考え続けていたような気もするが、元々運命など信じていなかったし、恥ずかしく啼き乱れさせられた相手とまた会うなんて、これ以上いたたまれないこともないから、「ジン」のこともなるべく考えないようにしていた。それなのに、まさかこんなところで――。

「っ、放、せっ」

体を抱き留める男の腕を振り払い、瀬名は抱擁を逃れた。

けれどあの甘い匂いは瀬名の体にまとわりつき、心拍を激しく弾ませる。離れなければと思うのに、魅入られたみたいに動けない。あの晩の悦びと恥辱の記憶が瀬名の意識をかき乱して、現実から遊離させてくるかのようだ。

そんな瀬名の様子を笑みを見せながら眺めて、男が言う。

「やはり、あれは運命の出会いだったようだ。きみは警察官だったんだね？」

「……いや……、あのときは、違った」

「そうなのか？　じゃああれから警察官になったのか。それは実に感慨深いな！」

男がほう、とため息をつく。

「きみを知りたい。よければ、名前と所属を教えてくれないか」

「っ……」

その質問に答える義務はない。

そう言って拒めばすむはずだったのに、彼の匂いで頭がしびれたようになって、拒絶の言葉が出てこない。代わりに自動で文章を読み上げるように、瀬名は答えた。

「……警視庁、バース犯罪対策本部、特定バース関連事案対策課、巡査部長。瀬名、隼介」

「なるほど、それで『シュン』だったのか。僕は優仁《ゆうじん》。来栖《くるす》、優仁という名前だ。全部漢字の日本名だけど、響きはそれなりに見た目と合っているだろう？」

「……クルス、ユー、ジン……？」

改めて名を告げた男――来栖の声はもちろん、復唱する自分の声までもが、蜜のように甘く響いて瀬名の鼓膜をくすぐってくる。

名前はこの世で最も短い呪文だと、昔何かで読んだことがあるが、それはもしかしたら本当かもしれない。自分の中に何かが新しく刻まれた感覚があって、ますます胸が高鳴ってくる。これはいったいなんなのだろう。新手の催眠術か何かなのか、それとも……。

「さて、瀬名隼介君。僕は今確信したよ。きみは間違いなく、僕の『運命の番』だ」

来栖が甘美な目をして言う。

「どうか僕の番になってほしい。僕と、結婚を前提に交際してくれないか？」

（……『運命の番』……？　結、婚……？）

信じられないほど、うっとりする響き。

「運命の番」は、番の関係を結ぶアルファとオメガの中でも、特別な絆を持つ相手同士だといわれている。来栖は瀬名のことを、そうだと感じているのだろうか。こうして再会したのも、それゆえだと考えて……？

（……いや、待て。ちょっと待て！　おかしいだろっ！）

陶然となりながら来栖の言葉を聞いていて、流れでうっかりうなずきそうにすらなっていたが、瀬名は不意に我に返った。

衝撃的な一夜の邂逅があって、四年も経ってからこんなところで偶然再会したのだ。そのことに、何か数奇な縁を感じるだけならまだわかる。

でも、「運命の番」？　結婚を前提に、交際？　あまりにも前のめりすぎる話に、頭が混乱してくる。ぐっと額を手で押さえて、瀬名は言った。

「……悪い、来栖さん、だったか？　ちょっと意味がわからないんだがっ？」

「そうかな。どの辺りが？」

「全部だよ！　いきなりそんなことを言うなんて、あんたは絶対にどうかしてる！」

言いながら、違和感が間違っていないことを再確認して、瀬名は続けた。

「一度っ……、いや、あれは、一度なんてもんじゃなかったけどっ、とにかくあんな状況でヤッたからって、なんでそれで結婚って話になるんだっ！」

「きみとセックスしたからじゃない、運命だからだよ。それに番同士は、おおむね婚姻届を出すものだ。もちろんきみが事実婚を望むなら、僕はそれでも……」

「そうじゃなくて！　俺は運命なんて信じてないし、あんたと番になる気もない！　結婚以前の問題なんだよ！」

瀬名の言葉に、来栖がキョトンとした顔をする。

たぶん、こういうタイプはここでいくら話していても無駄だ。むしろ出会わなかったことにして、さっさと逃げるほうがいいかもしれない。

それでなくとも今は仕事中なのだ。どうにか来栖から離れて、瀬名は告げた。

「今、この区域には非常線が張られていて、民間人の立ち入りは制限されている。見逃してやるから、すぐに立ち去れ！」

「……待ってくれ、瀬名君……、瀬名隼介君……！」

駆け出した背中に届く来栖の呼びかけが、瀬名の心を甘く惑わす。

でも振り返っては駄目だ。立ち止まってもいけない。とにかく彼から逃げなければ。

動揺しつつもそう思い、足を速める。後ろ髪を引かれる、というのはこういう感覚なのだと初めて理解しながら、瀬名は必死で走っていた。

「……うう、朝日が眩しい」

翌朝、いつものように家を出て、お気に入りのチェーンのコーヒーショップでコーヒーを買うため、警視庁本庁から少し離れた地下鉄駅の階段を上がったところで、瀬名は思わず目を閉じた。

昨日の突入作戦は成功裏に終わり、逃げたアルファのオーナーも、瀬名の指示で追いかけた同僚と警官隊の手で逮捕された。瀬名はその後本庁に戻って事後処理をし、帰宅してベッドに倒れ込んだのは、夜中の一時すぎだった。

平の捜査員だとはいえ元々ハードな職場なので、いつでも帰宅後はぐったりなのだが、正直言って今朝は起床するのがいつも以上につらかった。

普段から、オメガだからと弱みは見せられないと思い、気を張ってはいるけれど、やはりベータの同僚とですら、体力の差は否めない。

『きみは間違いなく、僕の「運命の番」だ』

『どうか僕の番になってほしい。僕と、結婚を前提に交際してくれないか？』

路上で再会した来栖という男の言葉が、ふと脳裏に甦る。

本当にあの男はなんだったのだろう。改めて振り返ってみると彼の匂いは特別だったし、声にも胸を揺さぶられた。まさか本当に運命の相手なのか。

百歩譲ってそうだとしても、それだけで番になるなんて、やはりあり得ない。

さすがにまた会うことはないだろうから、運命かどうかなんて確かめようがないけれど。

(……でも、番、か)

四年前の出来事があったせいではないが、瀬名はどうにも恋愛に乗り気になれず、あれ以降も誰とも付き合わずにきた。セックスの経験も、あの凄絶な一夜のあの男との行為だけだ。アルファの番を得て結婚するなんて、自分のこととして想像してみたこともろくになかった。

だが、アルファが多い職種で長く働き続けようと決めたオメガの中には、発情で不特定多数のアルファを煽ってしまうことを避けるために、発情した状態で二度と会わないであろう行きずりのアルファと寝て、首を噛んでもらう者もいるという話だ。

四年前のあのとき、もしもそうされていたら、瀬名も発情時に周りへの影響を考えなくてすむ体になっていたはずだ。そうなっていれば今よりも少しは気楽に働けていたのでは、などと、こういう疲れた朝はついそんなことを思ってしまって……。

「ご出勤中の皆様、いつもご声援ありがとうございます！　今日はなんと、衆議院議員の柿谷《かきたに》丈太郎《じょうたろう》先生が応援に来てくださっています！」

コーヒーショップに向かおうと角を曲がったところで、拡声器の声が聞こえてきた。

白いワゴン車に、顔が大きく映ったポスター。そろいの上着を着た運動員たちの真ん中には、名前の書かれたたすきをかけた小柄な女性がいる。見た感じオメガのようだ。

そういえば、もうすぐ統一地方選挙だったか。

「ご紹介いただきました、衆議院議員の柿谷です。本日は、オメガ初の区議会議員として三期目の当選を目指す先生を、ぜひとも応援いたしたく――」

マイクを渡された柿谷丈太郎議員が、よく通る朗らかな声で話し始める。

確かバース性黎明期から続く国会議員の家系の出で、私費を投じたオメガ支援活動で有名な、若きアルファの政治家だ。撫でつけた黒髪にシックなダークスーツをまとった姿からは強い生命力が溢れていて、自信に満ちた顔つきともども、精悍な印象を与えている。

「――私の亡き母はオメガでしたが、アルファの父と対等な、凛とした誇り高いオメガでした。私などが言うまでもなく、これからはオメガの時代なのです！　差別も区別も許さない、よりよき社会を目指すためにも、どうか皆様の清き一票を――！」

柿谷の抑揚をつけた演説に、道行く人が知らず立ち止まる。支援者らしきオメガの中には、涙ぐんでいる者もいる。本当にそんな世の中になれば、オメガは誰も苦しまなくてすむだろうに。

(アルファと対等な、凛とした誇り高いオメガ、か)

せめて仕事をする中でそうなれたらと、瀬名も思う。

アルファの手助けがなければ一人前になれないなんて思わないし、そう思ったら負けだ。番がどうのと無駄なことを考えていないで、必死に食らいついていかなくては。

瀬名はそう思い直して、また歩き始めた。

「おーっす、瀬名！　昨日はお手柄だったな」

「別に、俺だけの手柄じゃないさ」

「けど、いち早く異変に気づいて駆け出したんだろ？　やっぱりおまえはすごいよ！」

「そんな、恐縮です」

職場に着くと、すれ違った同僚や先輩に昨日の働きを褒められた。

捕物の最中なのに来栖と向き合っていた時間があったので、そこは少し後ろめたいのだが、認められるのは素直に嬉しい。昨日の疲れは取れていないけれど、この調子で頑張ろう。そう思いながらデスクまで行くと、席が隣の木場が耳打ちしてきた。

「おはよ、瀬名。なあ、昨日言ってたこと、現実になるかもしれないぜ？」

「昨日？」

「オメガ初の特別執行官、ってやつ。ほら、課長がこっち見てる」

木場にうながされ、オフィスの奥の応接室を見ると、確かにドアのガラス窓の向こうから、上司である課長がちらちらこちらを見ている。

よく見ると課長だけでなく、さらに上役の管理官もいるようで、制服姿が見えた。

半信半疑で見返していると、中から課長が出てきて手招きをして言った。

「瀬名、ちょっと来てくれ」

「は、はい！」

心拍が弾むのを感じながら、急いで応接室まで行く。中には課長と管理官が並んで座っていた。向かいに座るよう言われて腰かけると、管理官が笑みを見せて言った。

「瀬名君、昨日は素晴らしい働きだったねぇ」

「……い、いえ、私だけの働きでは」

「謙遜することはない。これからは、より能力に見合った仕事をしてもらうことになる」

管理官が言って、うなずくと、課長が切り出した。

「瀬名、実はおまえを特別執行官に、って話が出ていてな」

「ああ。元々推す声はあったんだが、昨日の活躍が後押しになった形だ。どうだ、この話、受けてくれるか？」

「私を、ですかっ？」

厚労省バース安全管理局の管理官と組んで、バース性にまつわるあらゆる事案の解決に当たる、特別執行官。憧れていた職種に、まさか本当に抜擢されるなんて思わなかった。断るなんてあり得ないし、絶対に逃したくないチャンスではあるが……。

「とても、ありがたいお話です！　ぜひお受けしたいと考えておりますが、その……、オメガの私で、よろしいのですか？」

「ああ、もちろんだとも。むしろオメガであることを生かしてほしい。昨今は非常にデリケートな事案も増えている。そういった場合には、特にね」

管理官がそう言って、思い出したように付け加える。

「そうそう、きみのような優秀な捜査員にこう言うのも、今さらだとは思うが、特別執行官に就任すればこれまで以上に様々な現場に赴くことになる。発情の管理だけは、今以上に徹底してもらいたい」

「はい、もちろんです！」

「よろしい。ではこちらで正式に話を進めておこう。期待しているよ」

管理官がまた笑みを見せる。瀬名は必死に平静を装い、応接室をあとにした。

（本当に特別執行官になれるんだな、俺！）

浮つきそうになる気持ちを落ち着けようと洗面所に行き、管理官や課長の言葉を思い出してひとしきり喜んでから、瀬名はデスクに戻ろうと歩き出した。

おそらく今以上の激務になるだろうし、厚労省の職員とも上手くやっていかなければならないのだから、大変なことも多いだろうが、特別捜査官として自分が頑張ることでほかのオメガの職員に範を示すことができるなら、それだけでやりがいも増すというものだ。

今日はなるべく早く帰って、一人ささやかに祝杯を挙げよう。

そう思いながら、オフィスに戻る。

するとなぜか瀬名のデスクの周りに同僚が集まっていた。どうしたのだろうと近づくと。

「お、戻ってきたぞ。瀬名〜、おまえも案外隅に置けないなぁ！」

「は？　なんの話だ」

「これこれ。おまえ宛てだって。心当たりないのかよ？」

「……なっ！　んだ、これはっ！」

目に入ってきた光景に、思わず叫んでしまった。

デスクからこぼれそうなほどの、真紅のバラの花束。

誰からであれ、そんなものをもらう覚えはない。何かの間違いなのではないか。

たくさんのこぶし大のバラの中に埋もれるように、二つ折りのカードが入っているのが目に入ったから、拾い上げて読んでみると――。

『運命の愛をきみと分かち合いたい。よければ近々、ランチでも一緒にどうかな。

――Eugene』

英文で書かれたメッセージと、隅に小さく書かれた電話番号。

うろたえて叫びそうになったから、慌ててカードを胸ポケットにしまった。

たぶん、『Eugene』はユージンと読むのだろう。もしそうでなくても、いきなり運命の愛なんて言ってくる人間は一人しか思いつかない。

この花は間違いなく、あの来栖優仁という男がよこしたものだろう。

「なんだ、瀬名。隠すような相手なのか？」

「ははーん、もしかして恋人か？」

「ストイックな瀬名に恋人だってっ？　おい、誰か赤飯を炊け！」

昨日うっかり名前を告げたことを心底後悔している瀬名の周りで、同僚たちが冷やかすように騒ぎ立てる。先輩捜査員の一人が、ぼそりと言う。

「……瀬名。もしかして、相手はアルファか？」

「っ！」

「おお、そうなんだな？　並のアルファより腕っぷしが強いといわれてきた瀬名に、ついにアルファの恋人が！」

「ち、がいますっ、そんなんじゃ！」

「隠さなくてもいいんだぞ！　せっかくだし、そのアルファと番になればどうだ？」

「木場！　それオメガハラスメントだから！」

瀬名はぴしゃりと言って、なんとか誤魔化そうと続けた。

「いや、なんていうか、ちょっとした知り合いで、かなり変わった人で！　花とか贈られるような関係じゃないんで、俺も驚いてますよ！　まったく、何を考えてるんだか！」

嘘は言っていないが、二人の関係をそれ以上どうとも説明しようがない。

本当に、何を考えているのか。

（……無視だな！）

あの男と、運命の愛とやらを分かち合う気はない。電話をかけたりしなければ、こちらの拒絶の意思は伝わるだろう。

……と、思うのだが。伝わると、いいのだけれど……。

面倒なことになったと心の中でため息をつきながら、瀬名はバラを見下ろしていた。

それから二週間ほどが経ったある晩のこと。

職場の同僚が皆退勤してしまったあと、瀬名は一人オフィスに残って、近年のバース関連事案の捜査資料を読み込んでいた。特別執行官への就任と昇格は内定したのだが、形式上必要だということで、近々内部試験を受けることになったのだ。

(テストなんて、しばらくぶりだな)

家に帰って勉強してもいいのだが、持ち出し不可の資料もあるので、このところ毎日居残りをしている。形式上のこととはいえ、恥ずかしい点数を取るわけにもいかないから、久しぶりに身を入れて勉強しているのだ。

幸い仕事のほうはそれほど忙しくないので、その点は助かっているのだが。

「……はあ。しっかし、どうするよ、これ?」

デスクの脇に生けられた可憐な花束に、知らずため息が出る。

これも来栖からの贈り物だが、いいかげん無視できなくなってきている。

最初の花束を無視した三日後、今度は別の花が届いた。

その後も菓子やら飲み物やら、ぽつぽつ贈り物が届くようになり、そのたびに食事の誘いと電話番号が書かれたカードがついてくる。

恋愛経験はもちろん、言い寄られたことすらほとんどないので、さすがにちょっと怖くなり、あの男は何者なのだろうとそれとなく調べてみたが、贈り物の線からも電話番号からも、なぜか来栖優仁という個人が何者なのか特定することができなかった。

各種検索ツールも試してみたが、よく似た名前の別人とか、百歳近くまで生きた故人だとか、さらには活動実態のわからない海外の財団の職員だとか、結果がばらけすぎていて何も情報を拾えなかった。

四年前の例の地下クラブについては、警察官になってほどなく個人的に調べていたが、あのあと厚労省バース安全管理局の手入れがあったとかでとっくに潰れており、ビルすらもなくなっていたから、そこから彼についての情報を得るのも不可能だった。

だがこちらは仮にも警察官、物品や電話番号を把握しているのになんの手掛かりも得られないなんて、普通はそんなことはあり得ない。あまりにも正体を隠すのが上手すぎるのは、それはそれでヒントと考えていい気がする。

四年前の状況そのものも、改めて考えてみるとだいぶ不可思議だったので、もしかして彼は同じ警察関係者か、あるいは公安の人間だったりするのではないかと、瀬名はそんな疑念を抱き始めていた。

もういっそ素直に電話をして、直接会って確かめてみるほうがいいのだろうか……。

「っ！」

いきなり瀬名のデスクの固定電話が鳴ったから、跳び上がりそうになった。

こんな時間にいったい誰だろう。気を落ち着けながら受話器を上げると――。

『こんばんは、瀬名巡査部長。僕が誰だか、わかるよね？』

「なっ？　あんたっ、なんで……！」

受話器越しでも瀬名の官能をくすぐる、甘い蜜のような声。まさか向こうから電話をかけてくるなんて思わなかった。しかもこの電話は職場のものなのに。

「直通の電話番号まで、どうやって調べたんだ！」

『うーん、まあ、蛇の道は蛇というか。きみがあんまりつれないものだから、ついね』

「つい、でこんなこと、あり得ないだろ！　ていうか、あんた自分のしてることわかってるのか。ストーカー行為はもちろん、オメガへのしつこい言い寄りも犯罪だぞっ？」

『そう言わないでくれ。この社会で暮らすアルファもオメガも、誰も運命には逆らえない。僕はきみと話したいだけだよ。できれば美味しい食事を共にしながらね』

「……また、運命か！」

来栖は瀬名の拒絶の意思をまったく察してはいないようだ。こんなことなら最初からきちんと断っておけばよかったと後悔する。瀬名はため息をついて言った。

「あのな、じゃあ、もうここではっきり言おうか。俺はオメガだが、『運命』とやらを信じちゃいない。それはこの前も言ったはずだ」

『……そうだったかな？』

「そうだよっ。だいたい、俺はあんたを知らないし、あんただって俺を知らないだろ。それなのに、あんたがアルファで俺がオメガだってだけで『運命』だなんて言われても、正直いい気はしない。オメガであることが俺の全部じゃないからだ。わかるか？」

諭すような瀬名の言葉に、来栖がしばし黙り込む。

それからああ、と小さく声を出して言った。

『それは、確かにそうだね。きみの言うとおりだよ。どうやら僕は恋に目がくらんでいたようだ。不愉快な気持ちにさせて、申し訳なかった』

「……お、おう？　わかって、くれたのか？」

『ああ、よくわかったよ。そういうことなら、まずは僕という人間をよく知ってもらうところから始めないとね！』

「……は？」

『今日のところは引き下がるよ。次はまた、別のアプローチで――』

「いや次とかねえからっ！　あんた、なんっにもわかってねえなっ？」

あまりのことに口調が荒れる。三つのバース性の中で最も優れ、高度な知性を持つアルファでも、恋に目がくらんで突っ走ると頭がお花畑になってしまうのか。

「俺はあんたと付き合うつもりはない！　もしまた連絡してきたら、次はしかるべき部署に通報するからなっ！　よく覚えとけっ！」

言うだけ言って、瀬名は電話を切った。


さすがに通報されては困ると思ってくれたのか、その後来栖からの贈り物はやんだ。

あれきり電話をかけてくることもなかったので、瀬名はようやく落ち着いて勉強に打ち込むことができ、いい成績で試験を終えることができた。

そして数日ののち、正式な辞令が出て、瀬名は特別執行官に就任、階級も警部補に上がることになった。


「瀬名、こっちだ」

「あ、はい、課長！」

霞が関にある比較的新しいインテリジェントビル、「新中央合同庁舎」。

その中に、厚労省のバース安全管理局と警察庁バース公衆安全部との合同本部である、バース管理センターが入っている。

警察庁バース公衆安全部は、警視庁と全国の県警本部のバース犯罪総合対策本部を取りまとめる上部組織で、瀬名の特別執行官就任の辞令交付式もここ、バース管理センターで行われる。今後はここに通うことが多くなるのだが、今日は特別執行官の仕事上のパートナーとなる、厚労省の管理官との顔合わせのためにここにやってきた。

（アルファばかりだな、ここも）

この庁舎には、中央省庁の横断的な政策や業務を共同で行う部署がまとまっているので、様々な所属の公務員が出入りしている。

だが国家公務員は、やはりまだまだアルファのエリートばかりだ。

近年は日本で働く海外出身者も多いので、白人系や黒人系、ヒスパニック系や日本以外のアジア系と思しき人々はちらほら見かけるし、男性も女性もいるのだが、バース性で見ると、たまにベータがいてもキャリアではなさそうだし、オメガはほとんど見かけない。

今さら気後れするということもないが、いつでも周りに見られていると思って気を引き締めて行動しなければと、少しばかり気を遣う。

「……お、ちょっと早く着いたな。まあ遅れるよりはいいだろう」

指定された会議室の大きな長テーブルの席に座って、課長が言う。

「瀬名がオメガ初の特別執行官だってことで、厚労省のほうでも、海外経験もある頭の切れる辣腕管理官を選んでくれたらしいぞ？」

「ありがたいことです」

「仕事ができるだけじゃない。特に公にはしていないが、管理官は須藤《すどう》家のご出身だぞうだ。名も実もある、エリート中のエリートだよ」

「えっ、須藤家って、あの須藤一族のですか？」

須藤家というのは、バース性が誕生する以前の時代から続く名家だ。現在の当主は須藤吉行《よしゆき》という投資家として有名なアルファ男性で、一族からは政財界はもちろん、中央官庁や医療法曹の世界で活躍する優秀な人材が多く輩出されている。

歴史の教科書にも名前が出てくるし、絶滅の危機に瀕した人類へのバース性付与のための技術開発に当たった研究チームにも、確かその名があったはずだ。

初期の付与実験にも当主自ら参加したとかで、現代まで続く本家や分家の血族は、世界で最も古く、とても生命力の強い原初のバース性の遺伝子を受け継いでいるといわれている。世界的に見ても、そういう一族は一握りしかいない。

「……それは……、なんというか、いろいろ緊張しますね？」

「くれぐれも失礼のないように、上手くやってくれよ？　まあ須藤家は何につけフランクなお家柄だといわれているから、そこはよかったが」

「それは、確かに」

あまり詳しくないのだが、須藤一族はいわゆる悪しき血統主義には陥らず、一族に名を連ねる人々はバース性も性別も人種も多様だという。オメガの瀬名としては、そこは少し気が楽なところではある。

「でも、意外です。そんな方でも、泥くさい現場の仕事をするんですね？」

「『そんな方』だからこそだろ。上でふんぞり返ってたら、逆にン百年続く名家の名がすたるってことさ。……お、来たかな？」

ドアがノックされたので、二人で立ち上がった。

けれどその瞬間、瀬名はヒヤリとした。

かすかに漂う、甘い匂い。あの来栖という男の匂いだ。まさかこの建物に、彼が──？

「……すみません、少し遅れてしまったかな？」

「っ……！」

「いえいえ、こちらが早く着きすぎたのです。このたびはうちの新米のためにご足労いただき、ありがとうございます！　……ん？　瀬名、どうした」

開いたドアから現れた、豊かな金髪に青い瞳のアルファ──来栖の姿を見て、驚愕のあまり固まってしまった瀬名に、課長が怪訝そうに訊ねてくる。

叫びそうなのをなんとかこらえている瀬名に、来栖がにこりと微笑んで言う。

「こんにちは。瀬名、特別執行官ですね？　私は厚生労働省バース安全管理局、管理執行課管理官、来栖優仁と申します」

「……え……」

「……？　瀬名？　こちらがおまえとパートナーを組んでくださる方だ。おまえ本当にどうした？　大丈夫か？」

目を見開いて絶句している瀬名に、課長がやや心配そうな顔をする。

「そんなに緊張しなくても大丈夫ですよ。取って食いやしませんから」

来栖がこともなげに言う。

「実は先日の突入作戦のとき、私もオブザーバーとして参加していましてね。そこでたまたま、瀬名さんが容疑者を取り押さえるところを見ていまして。あなたのような強く勇敢な警察官と一緒に働けるなんて、光栄ですよ！」

しれっとそんなことを言う来栖に、開いた口が塞がらない。

青く澄んだ彼の瞳を、瀬名は言葉もなく凝視していた。


その夜のこと。

「ええと、ここ、か？」

茫然としすぎて何を話したのかすら覚えていないが、昼間の顔合わせのあと、よければ今夜食事でもしながら二人で話しませんか、と瀬名に笑顔で誘われた。

こうなってはさすがに断れない。むしろちゃんと話さなければと思い、改めて連絡先

を交換して、会う約束をしたのだが。

「……カジュアルな店でって、言ったよな、俺？」

彼が選んだ店は、海外資本の五つ星ホテルのアトリウムレストランだった。

新中央合同庁舎に入るのにはなんの気後れもしなかったが、こういうところは慣れていなくて、エントランスに入っていくだけで足がすくむ。

エリート一族のアルファにとっては、これがカジュアルなのだろうか。

（ますます謎だらけじゃないか、あいつ！）

怪しげな地下クラブのＶＩＰ客で、名のある一族出身のアルファで、金髪碧眼なのに日本人の、厚労省の辣腕管理官。いろいろてんこ盛りすぎてめまいがしてくる。

こんなにもわけのわからないアルファと、いったいどういう縁で自分は出会ってしまったのだろう。これを運命だとは意地でも認めたくないし、これから仕事で付き合っていくなんて、ちょっと信じられない気持ちだ。

「あ……」

かなり天井の高いアトリウムなのに、レストランに近づいていくにつれ、彼の匂いがふわりと瀬名を包み込んできた。

なんだか、前より匂いを強く感じる気がする。この空間に来栖がいて、自分を待っているのだと感じただけで、胸がドキドキしてきた。

ほかにも客はたくさんいるのに、まるで二人だけの世界に入り込んでいくみたいな……。

「やあ、瀬名君。来てくれて嬉しいよ」

なんとか彼が座っているテーブルまで行くと、来栖がいたずらっぽい目をして言った。

「この前、電話で次はないと言っていたけど、どうかな、僕を通報する？」

「……するかよ、今さら」

ぶっきらぼうに答えても、彼は親しげな笑みを向けてくる。

瀬名とようやく食事ができて嬉しい。そんな気持ちが伝わってくる素直な笑顔だ。屈託なくそんな表情を見せられるのだから、瀬名に対する感情にも嘘がないのだろう。

彼は本心から、瀬名のことを「運命の番」だと感じているようだ。

（でも、俺は認めてないからな！）

絡みつく匂いを振り払うように席に着くと、ウエイターがやってきた。

まずはワインと、軽くオードブルを頼みつつ、来栖の顔をうかがう。

海外資本のホテルだからか、彼のような容姿でも、ここでは特に目立たない。

彼にとっては瀬名が考えるカジュアルな店よりも、こういうところのほうが気楽で居心地がいいのかもしれないと、ふとそう合点がいく。

「あんた、厚労省の人だったんだな。しかも名のある家の出だったなんて驚きだ」

「話すと余計な気を回す人が多いから、あまり明かさないようにしているんだ。隔世遺伝というやつで、見目がこれだから、わざわざ説明しなければまず気づかれないけどね」

「かくせい、遺伝て？」

「僕の祖父は欧州の出身でね。普段名乗っている来栖姓は、日本に帰化した祖父の苗字なんだ。周りを混乱させることもあるけど、海外での仕事でも違和感なく周りに溶け込めるし、何かと便利だよ？」

そう言って来栖が、意味ありげに続ける。

「ときには立場を隠して極秘に進めなければならない、調査の仕事もあるしね」

「極秘の調査……、あっ！　あんた、ひょっとして四年前のあのとき、例のクラブの内偵でもしてたのか？　あれからしばらくして、厚労省の手入れがあって潰れたって……」

不意に思い至って訊ねてみたが、来栖は軽く肩をすくめただけだ。でも、きっとそうだったのだろう。だからあの場で、とっさに瀬名を助けてくれたのではないか。

ようやくあのときの謎が一つ解けた。

というか、むしろそれだけだったら、ただ感謝すれば話は終わりだったのだが。

「……なあ、管理官？」

「できれば苗字か名前がいいな」

「じゃあ、来栖さん。俺にかかわりたいばかりに仕事で近づくなんて、さすがにちょっと、公私混同が過ぎるんじゃないか？」

「巡ってきたチャンスは最大限生かしたい性分でね」

「悪びれもしないのかよ……。誰がどう見てもまともそうなアルファなのに、わけがわからないな。あんた、本気で運命なんて信じてるのか？」

半ば呆れながら訊ねると、来栖は少し考えてから言った。

「『運命の番』というのはファンタジーだと思われているが、本来それなりの縁があってのことだ。きみと僕にはそれがあった。そしてあの夜に、より確かなものになった」

「あのクラブでの、あんな出会いがか？」

「そうとも。僕だけじゃない、オメガのきみの意識にも、それは刻まれたはずだ。僕の匂いを前よりも強く感じないか？」

「それは、ちょっとだけあるかも」

「そうだろう？　互いに固有の匂いを心地よいものとして確かに感じ合えるのが、『運命の番』であることの証しなのさ」

「うーん……、科学的なのか非科学的なのか、ちょっとよくわからない話だな」

瀬名は言って、首をひねった。

「もし仮に、本当にそうだとしてもだ。人の結びつきっていうのはそう単純なものじゃないだろ？　それが運命だから、って言われただけで、番になんてなれるわけがない。少なくとも、今の俺にその気はないぜ？」

「ということはつまり、これからその気にさせればチャンスはあるわけだ」

「ものすごいポジティブな人だな、あんた！　エリートのアルファってみんなそうなのかっ？」

属性で人をくくるのは好きではなかったが、思わずそんなことを言いたくなるほどの自信家だ。それでいて嫌みなところはなく、どちらかといえば自然体。

こんな変わった人物には初めて出会った。人として興味を覚えないかと言われたら、否定はできないが。

（仕事のパートナーがこれじゃ、駄目だろ）

言い寄る気満々のアルファ男と、仕事を一緒にやっていく自信はない。瀬名はため息をついて言った。

「……別に、いいよ。あんたがそう思うのは勝手だ。けど、俺は運命なんて信じないし、その気になんてなるわけがない。生涯の伴侶は自分の目で見て、自分で選ぶつもりだ。バース性も関係なく、俺自身の気持ちに従ってな」

特に結婚願望はなかったが、それが自分なりの考え方だ。来栖の反応を見るように、瀬名は彼の目を見て、それからはっきりとした口調で続けた。

「下心があるあんたと仕事で組むのは無理だ。明日にでも上にかけ合って、パートナーを外してもらう。それでいいよな？」

辣腕管理官と呼ばれている来栖の仕事ぶりを、ほんの少し見てみたかった気もするが、こうなっては仕方がない。

ウエイターがワインとオードブルを運んできたので話を中断し、来栖の答えを待つ。

やがてまた二人になると、来栖が感慨深げな笑みを見せた。

「やはりきみは、いい目をしているね」

「は？」

「あのときと同じ、迷わず正しい行いをなそうとする、清廉な人間の目だ」

来栖が言って、探るように訊いてくる。

「そういえば、きみがあのとき捜していた、オメガの友人……、三木成也君は、結局見つけ出せたのか？」

「なっ！　どうしてっ……、なんで、知ってるんだ！」

あのときは本当の事情も成也の名も、来栖には黙っていた。なのに、なぜ——。

「ああ、やっぱり捜していたのは彼だったたか。すまない、ちょっとかまをかけた」

「はぁっ？」

「でも僕の予想では、きみは警察官になった今でも彼とは再会できていない。連絡すらも取れていない。違うかな？」

それは確かにそのとおりだ。でも、どうしてかまをかけたりなんて……。

「実は、僕が長く追っているヤマに、彼が少なからず関係しているんだ。だがその内容は話せない。少なくとも、仕事上のパートナーとして信頼できる相手でもなければね」

「それって……！　あんた、もったいつけて俺を思いどおりにするつもりなのかよっ？」

「いや、まさか！　そんな卑劣な真似はしないよ。きみに嫌われたくはないしね」

来栖が少し慌てた様子で言って、何か考えるように首をかしげる。

「でもまあ、そのほうがきみが納得しやすいのなら、差し当たり取引か何かだと思ってもらってもいいのかな？　僕はきみと、一緒に仕事をすることを通じてもっと親しくなりたい。きみは成也君のことを知りたい。とりあえずの利害は、一致していると言えなくもないし。僕としては、ちょっと忸怩たるものがあるけれど……」

困ったような顔でそんなことを言うので、一瞬呆気にとられてしまった。

そういうやり方は潔くないと、彼自身もわかっているのだ。

(それを押してでも、俺と親しくなりたい、ってことか？)

考えてみたら、再会した晩から来栖にはこちらの素性がわかっていたのだから、その気ならもっと早くに近づいて、無理やり想いを遂げることだってできたかもしれない。

けれど来栖はそうはしなかった。地道に贈り物をよこして食事の誘いをしてきて、瀬名が拒絶の意思を見せればいったんは引き下がった。

無理強いをして嫌われたくはないが、それでもなんとかして近づきたい。瀬名に自分のことをわかってもらいたい。来栖が考えているのは、本当にそれだけなのだろう。

最初の出会いがあまりにも強烈すぎたので、もしかしたら少し、彼のことを誤解していたのかもしれない。ハイスペックなエリートアルファが自分などにそんな気持ちを抱いているなんて、ある意味いじらしいと思えなくもないが……。

(俺も、成也のことは知りたい)

それはそれで、下心ではある。信頼関係を築かなければ本当に大切なことは話せないというのも、確かなことだ。

それなら、ここで意地を張ってもきっといい結果にはならない。取引と思うかはともかく、話に乗ってみるのは悪くないのではないか。瀬名はそう思い、うなずいて言った。

「……わかった。俺はあんたと組むよ」

「本当かい?」

「ああ。けど、俺は何があっても運命なんて信じないし、その気になんかならない。あくまで仕事上のパートナーとしてだ。そこは、ちゃんとわきまえといてくれ」

「わかっている。でも、僕にチャンスをくれてありがとう、瀬名君」

そう言う来栖の笑顔が、本当に嬉しそうだったから、何やらドキリとしてしまう。ほころんだ花みたいな甘い笑顔。そんな天然の人たらしみたいな顔をされたら、うっかりときめいてしまいそうだ。彼の匂いもますます意識してしまって、心拍が上がる。

（いや、ときめくとかないから。気をしっかり持て俺！　匂いに惑わされるな！）

慌てて自分で自分にそう命じていると、来栖がすっとワイングラスを上げた。

「じゃあ、まずは乾杯しようか。それから少し今後の話をしよう。バース管理センターでの、執行管理チームの仕事についてね」

そう言ってこちらを真っ直ぐに見つめる来栖は、もう管理官の顔をしている。

瀬名はグラスを持ち上げて、その青い瞳を見返していた。

それからひと月ほどが経った、ある夜のこと。

部屋に入ってきたスーツ姿の捜査員二人を出迎えて、瀬名は言った。

「……よし、そろったな。店の様子はどうだ？」

「黒服のベータ二名のほか、接客従業員のベータが三名、オメガが七名。客はベータが二名と、裏口からアルファ四名の入店を確認済み。店長と副店長は共に出勤しています」

「了解だ。発情フェロモンの計測値はどうなっていますか、来栖管理官？」

仕事の場なので一応敬語を使って訊ねると、来栖が手元の計器を見て答えた。

「ドアの開閉時のモニタリングで、フェロモン濃度が一・七パーセントアップ。オメガの従業員がいるのは店内の半地下だから、この数値は間違いないね。発情しているオメガが、少なくとも三名はいる計算だ」

繁華街の雑居ビルの、二階の一室。瀬名と来栖、そして七人ほどの捜査員で編成された執行管理チームは、通りを挟んだ別のビルの一階にある風俗店を監視している。発情したオメガに客を取らせる、違法な売春営業を摘発するためだ。

「さて、どうする瀬名執行官？　このまま強制捜査を行うか？」

「そのつもりですが。現時点で何か問題があると感じますか？」

「いや、何も。きみの決定に従う」

「ではこのまま進めます。安全のため、来栖管理官は抗フェロモン薬を打ってください」

「了解」

来栖が答えて、傍らのケースからスタンプタイプの注射器を取り出し、スーツとシャツの袖を少しまくって腕に押し当てる。

抗フェロモン薬は、オメガが発する発情フェロモンの影響を三十分ほど低く抑えることができる、アルファのために開発された薬だ。本来は医師の指導の下で使用される薬だが、バース安全管理局の管理官に限り、現場での使用が許可されている。

訊ねたわけではないが、四年前のあのときも、来栖はおそらくそういうたぐいの薬を使って、クラブに来るオメガの発情フェロモンにできるだけ煽られないようにしていたのではないかと瀬名は考えている。袖を元に戻して、来栖が告げる。

「いつでもどうぞ」

「では、これより強制捜査を開始します。アルファの客の鎮静化をはかりつつ、オメガ従業員の安全は最優先で」

「了解」

チームの返事にうなずき、彼らを引き連れて部屋を出ていく。

繁華街はまだ宵の口だが、人通りは多い。瀬名と来栖、それに捜査員七名で通りを横切っていくと、道行く人々が何かあるようだと立ち止まり始めた。

周りに人が多いと何かと気を遣う。なるべく短時間でミスなく終わらせなければと、知らず気負ってしまっていると、来栖がそっと耳打ちしてきた。

「匂いが強くなっているね」

「そうですか？　店内で発情してるオメガ、三人より多いのかな」

「きみの話さ。並んで歩いているだけで口説きそうになるよ」

いきなり艶っぽい声で言われて、動転しそうになる。

あれから来栖と何度も接しているが、仕事の場では気が張っているせいか、あまり彼の匂いを意識することはない。なのにそんなことを言われたら、こちらも彼の匂いを感じてしまう。そういう軽口は時と場所を選んでほしい。

というかそもそも、仕事のパートナーに言うべきことでもないだろう。ほかの捜査員たちに聞こえぬよう、瀬名は小声で返した。

「そういうことを、仕事中に言うなと……！」

「ああ、すまない！　そういえばこの間も注意されたね」

来栖が悪びれぬ様子で言う。

「でも、眉間にしわが寄っているよ？　もっとリラックスしたほうがいい。僕がきちんとアシストするから、安心して職務を遂行してくれ、瀬名執行官」

「……っ……」

どうやら、瀬名の緊張をほぐすためにあえて軽口を言ったようだ。

これから強制捜査だというのに、来栖はまったく緊張している様子がない。こちらはまだまだ駆け出しで、ほとんど余裕なんてないのに。

(これが経験の差、ってやつか)

管理官としての来栖は、どこまでもスマートだ。

摘発や突入等、強制捜査の計画立案は一応二人で行っているが、彼の提案は無駄なく完璧、おかげでいつも、最小限の人員構成でありながら個人の負担が少ない、現場の人間にとってよりよいものに仕上がっている。

本人の現場での状況判断能力も高く、常に柔軟で臨機応変だ。まだパートナーになったばかりだが、来栖は早くも、辣腕管理官の片鱗を瀬名に見せてくれている。

瀬名としても彼を高く評価し、仕事の面では見直しているのだが、一方で先ほどのように、たびたび冗談めかして甘いことを言ってくるので、こちらは何かと落ち着かない。

成也のことや来栖が追っているヤマとやらの件も、あれから話してはいないし……。

(いや、今はそれどころじゃない。集中しろ、俺!)

首を軽く横に振って雑念を払い、風俗店の入り口の前に立つ。

裏口に回る捜査員を見送ってから、瀬名はうなずいて言った。

「行くぞっ」

先陣を切って店に入ると、受付のベータの男がうろんげな顔でこちらを見た。

その目の前に令状を突きつけて、瀬名は言った。

「警察です。バース風適法およびバース安全管理法違反の疑いで、これより強制捜査を行います!」

「えっ、ええ? ちょ、まじっすかっ……!」

受付の男が驚いて目を見開く。店内の事務所に内線電話をかける横を、瀬名は来栖と捜査員を引き連れてズンズンと進む。個室のドアが並ぶ半地下に下りていくと、オメガの瀬名でもわかるほど、濃密な発情フェロモンが充満していた。

「……うーん、これはもしかすると三人じゃきかないかな。抑制剤と鎮静剤のアンプル、十回分ずつで足りるといいけど」

来栖が言いながら、スーツの前を開き、ホルスターから薬品射出用の銃を取り出す。発情したオメガへの抑制剤と、オメガに煽られて興奮しているアルファをおとなしくさせるための鎮静剤。皮膚から直接吸収されるタイプのそれらの薬剤を、捜査現場で射出銃を使って強制投与することが許されているのは、厚労省の管理官だけだ。

捜査員が無遠慮に個室のドアを開放し、順に中を改めて、来栖が有無を言わせず射出銃で薬を投与していく。

突然踏み込まれて素っ裸で抗議する客もいるが、違法性を指摘すれば基本的には全員しおしおと小さくなった。半分ほど手入れが進んだところで、店の奥から男が二人、慌てふためいた様子で走ってきた。

「ちょ！　あのっ、警察が来るなんて、聞いてないですよ！」

「言うわけないでしょ、あらかじめそんなこと。店長の渡辺《わたなべ》さんはどちらです？」

「え、あっ、わ、私です」

「バース風適法およびバース安全管理法違反の疑いで、あなたを逮捕します。あなたは副店長の佐々木《ささき》さん？」

「は、はい」

「あなたは任意同行で。任意なので拒否してもいいですけど、できればいらしていただきたいですね」

店長の渡辺に手錠をかけながら、副店長の佐々木のほうにも声をかけると、二人の顔がさーっと青くなった。佐々木が震える声で、渡辺に言う。

「……店長、あの人どうなるんでしょう？」

「いや、どうってっ……、どうしようもないだろ？」

二人でこそこそと、なんの話をしているのだろう。訊ねようとした瞬間、一番奥の個室から悲鳴が上がり、続いて捜査員が投げ飛ばされたみたいに転がり出てきた。

「なんだっ？」

「ウオオオ……！」

まるで獣のような叫び声に、鼓膜がビンと跳ねる。

渡辺と佐々木がヒッとおびえた声を出したので、瀬名は訊ねた。

「なんだあれはっ？」

「ア、アルファの、お客様ですっ、ときどきいらっしゃる方なんですが、いつもああで」

「いつもだってっ？」

「訊ねてもお答えいただけないのですが、ドラッグか何かやってらっしゃるらしく……」

「あのなあ！　ヤクの常習が疑われるなら通報しろよっ！」

店長の言い草に突っ込みを入れていると、近くの個室から来栖がさっと出てきて、瀬名と渡辺、佐々木を背後にかばって薬品射出銃をかまえた。

するとややあって、部屋の中から全裸の巨躯の男がぬっと現れた。その手には、鉄パイプのような棒を持っていて――――。

「ウオッ！　ウオオオオオ！」

男が狭い通路でやみくもに棒を振り回し始めたので、思わず息をのんだ。

来栖が特に動じる様子もなく言う。

「ちょっと興奮しすぎてるみたいだね、彼」

「興奮……、っていうか、なんかもう目がイッちゃってるぞっ？」

「うん。速やかに鎮静化しないと危ないな」

来栖が言って、射出銃で男を撃つ。胸の辺りに命中したのがわかったが、男はほんの少し動きを止めただけで、また棒を振り回し始める。

すかさず来栖がもう一発撃ち込むが、今度は変化がない。

もしや、鎮静剤が効いていない……？

「マジかよ。どんだけ興奮してるんだよ！」

瀬名が慌てて拳銃を取り出すと、捜査員たちも続き、男に銃口を向けて取り囲んだ。

鋭い声で、瀬名は告げた。

「動くな！　抵抗すると撃つぞ！」

瀬名の言葉にも、男は反応する様子はない。そうしている間にも、棒ががつがつと壁や個室のドアにぶつかり、あちこちひびが入り始めた。

警察官が一般人に発砲すると世間がうるさいから、あまり撃ちたくはないのだが。

「……撃たなくてもいけるよ、瀬名執行官」

「来栖管理官……、けど」

「実はスペシャルカクテルを持ってきてるんだ。これを食らったら、熊でも気を失う」

来栖がそう言って、鮮やかなアクアブルーの液体が入ったアンプルを取り出し、射出銃に装填する。

「ちょっと、鼻にくるよ」

そう言って改めて狙いを定めて、来栖がぐっと引き金を引いた。

「オ、ォッ！　ウ、オ――――」

廊下に強烈な刺激臭が広がったのと同時に、男が膝から崩れ落ちる。

どうやら今度は効いたようだ。薬のきつい臭いに顔をしかめつつ、拳銃をしまって一番奥の部屋へと走ると、中にはおびえた様子で泣いている、全裸のオメガ男性がいた。

「もう大丈夫だ。立てるか？」

めそめそと泣いているオメガは、まだ二十歳そこそこといった感じだ。暴力を振るわれたのか、体や顔にはあざがあり、口元が切れて血が出ている。

瀬名は粗末なベッドからシーツをはがし、肩からかけて個室の外に出してやった。

捜査員に連れられていくのを見送ってから、手袋をして個室の中をざっと調べると、あの獣みたいなアルファ男の衣服のポケットから、大手広告代理店の社員証が出てきた。こういう輩がまともなふりをして社会生活を送っているなんて、怒りを禁じえない。

「……ん？　なんだ、これ……？」

財布の中のクレジットカードや銀行カードを改めていたら、銀色の金属プレートでできた、何かのカードが出てきた。蛇と林檎をハート形にアレンジしたような、モノクロのアイコンが描かれているほかには、文字などはない。

でもこのアイコン、確かどこかで……？

「……瀬名君。それを、どこで？」

個室に入ってきた来栖が、瀬名の手元のカードを見るなり訊いてくる。

来栖にしては珍しく、驚きが顔に出ている。表にして見せながら、瀬名は言った。

「さっきの熊並みな抵抗力のアルファ男の財布に入ってた。俺、このアイコンどこかで見たことがあるんだけど、あんた、知らないか？」

問いかけると、来栖がポケットからハンカチを出し、カードを包むように受け取って目を落とした。それから短く答える。

「知っている。けど、ここでは話せない」

「え」

「でもこれは、僕たちが追っている件の重要な糸口になるものだ。まさかこんなところで目にするとは思わなかったよ」

来栖がカードをハンカチで包み、そのまま瀬名のジャケットの外ポケットに滑り込ませた。

「これについては日を改めて話したい。それまで、きみが持っていてくれるか？」

「……あ、ああ。わかった」

何やら秘密めかした様子に、少し緊張しながらうなずく。

頼んだよ、と言い残して個室を出ていく来栖の背中を、瀬名は訝りながら見送った。

それから数日後の、夕方のこと。

「えーっと？　ここ、入ってくのか？」

例のカードについて話したいと来栖から連絡をもらい、瀬名は新宿の路上を歩いていた。

今日は非番なので、スーツではなくフーディーにデニムというごくカジュアルな格好だ。

落ち合うために指定されたのが、先日のような高級ホテルのレストランではなく、「純喫茶アプリコット」という名だったというのもあるのだが。

「……あいつ、こんな店も知ってるのかよ」

店は新宿の外れの路地裏にある、低層ビルの地階にあった。

中が見えない分厚いガラスのドアを開け、薄暗い店内に足を踏み入れる。

今どき珍しく屋内で煙草を吸える店のようで、しみついたヤニの匂いになんとなく懐かしさを覚える。カウンターの中から、初老のマスターが声をかけてくる。

「いらっしゃいませ。お待ち合わせですか」

「……あ、はい。ええと……」

「こっちだよ、瀬名君」

店の奥のほうから、来栖がひょっこり顔を出して呼びかける。

今日は彼もクルーネックのシャツにジャケット姿で、くつろいだ格好だ。

カウンターの前を過ぎると、四人がけのテーブルが並んでいたが、一番奥の席に座っている来栖のほかに、客は一人もいない。テーブルごとに高いパーティションで仕切られているので、一つ一つがちょっとした半個室のようだ。

「この前とはまた、ずいぶんと雰囲気が違うところに呼び出したな？」

「密談するにはもってこいだろう？」

すでにコーヒーを飲んでいた来栖の向かいに座ると、先ほどの初老のマスターがお冷を持ってやってきた。ブレンドコーヒーを頼んでから、瀬名はハンカチに包んだ例のカードを取り出した。

テーブルの真ん中だけを照らす暖色の照明の下、そっとハンカチを開くと、銀色のカードが鈍く光った。

「こういうとこでこそこそ見ないとヤバい代物なのか、このカード？」

「そうだね。まあ、ここを選んだのは僕の趣味もあるけど」

来栖が言って、懐に手を入れる。

そして同じくらいのサイズのカードを取り出し、照明の下で表に返した。

銀色のものと同じ、蛇と林檎でできたハート形のアイコンが描かれたカード。

少し古びているが、デザインはほぼ一緒だ。

「……同じ、カード？　でも、色が金色だ」

「ああ。いわゆるゴールド会員だったからね、『ジン』は」

来栖が懐かしくもゾッとする名を口にしたので、顔を凝視した。来栖がうなずいて言う。

「そう、これは例のクラブ、通称『アモル』の会員カードだ。このアイコンが入っていない同行者カードや、白い招待カードを持ってきた者は、基本的には誰でも手を出していい相手、『愛の供物』として扱われる」

「……あ。確か、あそこにいた奴がそんなこと言ってた。このアイコン、店の中かどこかで見たのかな、俺？」

「おそらくね。あそこは、バース性を問わずインモラルで奔放な性行為を求めてやってくる人間の溜まり場だった。きみがあのとき推察したように、ときにはオメガを騙して連れてきて、生け贄か餌食のように扱うこともいとわない連中のね」

「……！」

「知ってのとおり、『アモル』は摘発があって廃業になったが、どうやら新しく同じようなクラブがどこかにできたようだな」

低く告げられた言葉に、あのときの憤りが甦る。

オメガをそんなふうに扱う輩は、絶対に許せない。テーブルの上でぐっとこぶしを握り、怒りを静めていると、マスターがコーヒーを運んできた。

その香りにほんの少し心を慰められていると、マスターの背中を見送った来栖が、秘密を打ち明けるみたいに言った。

「これも、きみの推察どおりだが……、実は僕は、あのクラブを内偵していたんだ。あそこで時折使用されていたいくつかの違法な薬物について、出どころや流通経路を調べていた。きみが飲み物に混ぜて飲まされたものもその一つ、いわゆる発情薬と呼ばれているものだ」

「あれか。で、どの程度調べがついたんだ？」

「残念ながら、確実な情報は得られなかった。摘発があってから警戒されたのか、それ以降はあまり表には現れなくなっている。でも新しくクラブができたのなら、そこを探れば何かわかるかもしれない。きみが捜している成也君のことも」

来栖が考えながら続ける。

「当時彼には、懇意にしているアルファの男がいた。その男が違法薬物の流通に関係しているらしいことがわかって、いっとき成也君のことも調査対象にしていたんだが、彼は行方知れずになってしまったんだ。きみがオメガの人物を捜しに来たと聞いて、それは彼のことではないかとぴんときた」

「成也は、あのとき監禁されてるって言ってた。助けてほしいって。だから俺、あそこへ行ったんだ」

「彼を助けるために来たと言っていたね、そういえば。でも、彼は……」

来栖が何か言いかけて、思案げに視線を浮かせる。

「いや、わからないな。当時からあそこの運営には不透明な点が多くてね。僕が潜入できたのも、ある意味奇跡的なことだったんだ。彼がどういうことになっていたのかは不明だけど、とにかく慎重に進めるべきではあると思う」

「じゃあ、まずはその新しいクラブとやらを探してみるか」

「そうだね。でもなるべく誰にも悟られないように、こっそりとだ。何かつかんだら、きちんと連絡し合うようにしよう」

「オーケー、わかった」

瀬名は答えて、コーヒーを口にした。苦味は弱め、まろやかで優しい味わいと香りだ。いつも飲んでいるチェーンのコーヒーショップのものとは何か別物のように甘い。

「めちゃくちゃ美味いな、ここのコーヒー」

「そう言ってくれて嬉しいな。僕の長年のお気に入りなんだ。疲れているときにここでコーヒーを飲むと、とても気持ちが落ち着く」

「……なんか、わかる」

コーヒーを飲むうち、先ほどの憤りもすっと静まってきた。これからのことを、より冷静に考えられるようになってくる。違法薬物の件は管轄外だが、成也のことはずっと気になっている。これをきっかけに、何か少しでもわかるなら……。

「ところで、瀬名君。ちょっといいか？」

来栖が言って、テーブルの上に肘をついて乗り出し、小さく手招きをする。

何か耳打ちしたそうな様子に見えたので、こちらも身を乗り出すと、来栖が瀬名の肩にそっと右手で触れ、フーディーのフードの紐をするりと持ち上げた。

肩のほうに回っていたので、直してくれたようだが。

「……っ……」

顔を近づけたせいか、彼の匂いがふわりと漂って、かすかに呼吸が乱れた。

たぶん、四年前の話をしたせいだろう。彼は「ジン」なのだと思い出して、心臓が激しく脈打ち始める。もうすっかり忘れていた濃密なセックスの記憶が脳裏に甦ってきて、なんだか平静ではいられない。

動揺に気づかれないよう、さっと視線を逸らしたけれど、来栖はそのまま、紐の先まですっと指を滑らせ、先端を引き寄せて結び目にちゅっと口づけた。

思わずはっとして顔を見ると、信じられないほど間近に彼の青い瞳があった。

暗い照明のせいか、その目は夕暮れ時の海のように美しい。

「こういう服装も、素敵だね。普段のきみを知らなかったから、新鮮だよ」

「っ、来栖、さ……」

「もっと、いろいろなきみを知りたいな。仕事の連絡も大事だけど、できればプライベートでも、連絡を取り合う関係になりたいものだ」

「……ぁっ……」

右の手で紐を握られたまま、コーヒーカップを持つ手の甲を左手の指の背で撫でられて、知らず吐息が洩れる。こんなタイミングでいきなり口説かれるなんて思ってもみなかったから、うっかりドキドキしそうになるけれど——。

「そ、それはそれ、これはこれだっ！　油断も隙もないな、あんた！」

さっと身を引いて来栖の手を逃れ、ごくごくとコーヒーを飲み干す。すかさずデニムの尻ポケットに入れておいた財布を出し、適当に紙幣を取り出してテーブルに置いた。

「とりあえず、今日はもう帰るから。何かわかったら、教えろっ！」

瀬名はどうにかそう言って、銀色のカードを拾い上げて席を立った。


「……くそうっ、なんなんだよ、あの距離の詰め方は！」

店を出て新宿駅のほうへと向かいながら、瀬名は胸の高鳴りを必死に抑えている。

別に服装を褒めるのは普通だし、手の甲をそっと撫でられただけなのに、不意打ちだったせいか心の揺れが収まらない。すげなく袖にしてはみたものの、一度意識してしまってから来栖の匂いから遠ざかると、なぜだか名残惜しい気持ちも湧いてくる。

狙ってやっているとしたら、どうやっても敵う気がしない。

(恋の駆け引きとか、うといんだよ、俺は)

運命だからだろうが、そうでなかろうが、来栖はこちらに好意を持っているのだから、これからもああやって、隙あらば迫ってくるだろう。

そうなったら自分は、どこまで抗えるのか。運命を信じる信じない以前に、単純にそこに不安がある。上手くあしらったりするテクニックがあるわけでもないし、なんとなくとか雰囲気とかで、なし崩し的に彼を受け入れてしまいそうで……。

(でも、それはたぶん、ちゃんとした恋愛じゃない)

本物の恋がどんなものかなんて知らないけれど、さすがにそれくらいはわかる。なんとなく、でほだされてしまうのは、来栖に対しても失礼だろう。

仕事のパートナーでもあるし、やはりここは瀬名自身が気をしっかり持って、譲れない一線は死守するくらいの気持ちでいるべきではないか。

そんなことを思いながら、駅に向かう繁華街のメインストリートに入っていくと。

「……あっ!」

「おっと……、悪い!」

前からふらふら歩いてきた少年と出合い頭に軽く接触してしまい、瀬名は慌てて半身をひるがえした。

ふわりと漂う、桃みたいな匂い。どうやらぶつかった拍子に、少年が手に持っていた何かをこぼしたようで、服が少し濡れている。

少年の首に目をやると、瀬名と同じチョーカーをしていた。少年はオメガのようだ。

「悪かった、俺、ぼんやりしてて。なんかこぼしちゃったか……？」

気遣って声をかけたが、オメガの少年はこちらを見もせずにズンズンと歩き出す。なんとも不愛想な少年だ。でもそれほど当たりが強かったわけではないし、まあ大丈夫だったのだろう。瀬名はため息を一ついて少年に背を向け、駅のほうへと歩き出した。

だが――――。

「……なあおい、この匂いって！」

「嘘だろ、誰か発情してるのかっ？」

「うっわ、ほんとだっ！　どこだ、発情してるオメガは！」

「こいつだ！　このオメガだ！」

背後から緊迫した声が届き、辺りがざわつき始めたのを感じて、慌てて振り返った。

ドッと溢れ出してきたような、濃厚な発情フェロモンの匂い。

道行く人々がざあっと通りの端によける。

その真ん中、道路の上に、膝をついてうずくまっている人影が見える。

人影は先ほどのオメガの少年のようだ。予期せず突然発情してしまったのだろうか。

(あれは……!)

「おい、おまえ! 大丈夫かっ?」

こんなところで迷惑だとか、さっさと救急に通報しろとか、遠くから叫ぶばかりで何もしない人々の間を抜けて、瀬名は急いでオメガの少年の傍に駆け寄った。

はあはあと息を乱し、真っ赤な顔をした少年は、目の焦点が合っていない。体もぶるぶると震えて、とてもつらそうだ。

定期的に抑制剤を飲んでいる瀬名は、飲み忘れて発情したとしてもこれほど重くはならないのだが、宗教上の理由や家庭の方針、あるいは個人的な主義主張で、抑制剤を最小限しか服用しないオメガというのも世の中にはいる。

彼もそういうオメガなのかと、瀬名は一瞬そう思ったが――。

(……なんだ、これ。こんな激しい発情、見たことないぞっ?)

体から発散される発情フェロモンが目に見えそうなほどの、強烈な発情。

オメガの瀬名でも、傍にいるだけでくらくらしてくる。周りを見渡すと、アルファばかりかベータまでが、ギラギラと陰惨な目をしてこちらを見ているのがわかった。

このままでは危険だ。瀬名はオメガの少年の手を取って言った。

「おい、ここから逃げるぞっ！　立てっ！」

手を引いて声をかけるが、少年は腰が抜けたみたいになっている。

両脇に手を入れて無理やり立たせ、肩を貸してどうにか歩き出すと。

「オメガが逃げるぞぉっ」

「追いかけろお！」

「孕ませてやるう！」

発情フェロモンですっかり劣情のとりこになってしまったアルファが、狂気じみた笑みを浮かべて追いかけてくる。オメガの少年がそれに気づき、恐怖に顔を引きつらせる。

「い、やっ……、アル、ファ、嫌っ」

「足を動かせっ、走るんだっ！」

少年を叱咤して、なんとか足を速めさせる。

発情フェロモンの及ぶ範囲は普通はせいぜい半径五十メートルくらいが限度だが、このオメガのそれは信じられないほど濃密だ。アルファだけでなくベータまでが惑わされて追いかけてきているのもそのせいだろう。もしかしたら、普通よりも広範囲にわたって影響が及ぶかもしれない。早く安全な場所へ行かないと、大変なことになってしまう。

「あっ！」

交番のある駅前に向かい、路地を縫うように走っていたはずが、知らず袋小路に入っていたようだ。戻ろうとしたが、追いかけてきたゾンビみたいな人の群れに退路を阻まれる。

瀬名は少年を背後にかばいながら、じりじりと袋小路の奥へ後退した。

(三十人は、いるか?)

救急のサイレンはまだ聞こえない。誰かが通報してくれていたとしても、到着まで少年を瀬名一人で守れるか、正直ぎりぎりのところだ。

五人くらいなら、絶対に負けない自信があるのだけれど。

「やるしか、ないだろっ」

覚悟を決めて、群衆に対峙する。

「グオオオ」

「おおお」

「くっ……」

血走った目で突進してきたアルファを一人背負い投げ、つかみかかってきた別のアルファの足を払って、アスファルトの上に引き倒す。

理性を失っているアルファは腕力が増しているから、なるべく力を受け流すようにしないとすぐに負かされてしまう。スタミナも段違いだから、長く組み合うのも駄目だ。

武術を習い始めた子供の頃から、ずっとそう言われてきたが、わかっていても、七、八人ほど打ち負かしたところで早くもこちらの息が上がってきた。やはり多勢に無勢なのか。

「うぅっ……！」

殴りかかってきたアルファのこぶしをよけ切れず、頬に食らって口の中に血の味が広がる。よろけた一瞬の隙を突いて背後に回られ、羽交い絞めにされそうになったから、肘と足を使ってなんとか逃れた。

けれど別のアルファに腰に抱きつかれ、バランスを崩して膝をついてしまう。

慌てて腕をほどこうとしていると、目の前に巨躯のアルファが現れ、組んだ手を瀬名の頭に振り下ろそうと――――。

「――――っ」

防御姿勢で身がまえた瞬間、キンとかすかな音が耳に響いた。続いて目の前の人垣が音もなくバタバタと倒れたので、アルファ制圧装置が働いた音だと気づいた。

オメガの突発的な発情によってアルファが理性を失い、その結果大規模な暴動などが起こったときに使われるもので、街なかでは消防設備と共に設置されていることが多い。

聴覚に優れたアルファだけに届く不快な超音波によって、ほんの数秒意識を奪う装置だが、危険なので誰にでも扱えるわけではなかった。いったい誰が使って……？

「大丈夫か、瀬名君！」

アルファたちが倒れ、ベータが茫然と突っ立っている間を、来栖がこちらに駆けてくる。

流れるような動作でオメガの少年を肩に担ぎ上げ、瀬名の手を取って、来栖が告げる。

「今の隙に逃げよう。走れるか？」

「あ、ああ！」

ひとまずは助かった。意識を取り戻しつつあるアルファたちの間を、瀬名は来栖について駆け抜けていた。


「……ふう、なかなか強烈な発情フェロモンだね。とても苦しそうだ」

来栖が少し離れたところからそう言って、壁際に横たわってぐったりしているオメガの少年を見やる。

「でも、もうすぐ助けが来るから。あと少しだけ我慢してくれ」

救急が来るまで、身を隠せるところで待とう。

そう言って来栖が少年と瀬名を連れてきたのは、建設途中のビルだった。

工事が休みの日らしく、一応立ち入り禁止になっていたので人けはない。建物の壁で適度に遮蔽されているので、一時の避難場所としては妥当だろう。どこかに抑制剤を入手しに行ってもよかったが、たぶんそれより救急の到着のほうが早い。

水道が通っていたので、瀬名はハンカチに水を浸して絞り、少年の額にのせてやった。

「来栖さん、アルファ制圧装置の免許なんて持ってたんだな？」

「いや、持ってないよ。緊急事態だから勝手に起動しただけだ。あとでどこからかお叱りを受けるかも」

「マジかよ……。でも、駆けつけてくれて助かったよ。俺、逃げるみたいに店を出てきちゃったのに、ありがとうな」

実際、来栖が来てくれなかったらと思うとゾッとする。あの場では必死だったが、自分の身も危なかった。俺はやれるとうぬぼれていても、いざとなるとああなってしまう。自分を過信するなんて愚かだと、四年前に骨身にしみていたはずなのに。

「……駆けつけた、というか。本当は、追いかけてきたんだけどね」

「え」

「その……、さっきの振る舞いで、きみを怒らせてしまったかなって思って。ちゃんと、謝らなくてはと」

「来栖、さん……」

「結果的にきみを助けられてよかった。でも、それはそれ、だよね？」

来栖がすまなそうな目でこちらを見ながらそんなことを言うので、驚いてしまう。

別に怒ってはいなかったし、謝ってもらわなくてもいいのだが。

（……あれで気になって追いかけちゃうのか、こいつは……！）

あんなにも手慣れた様子で迫ってきたのに、瀬名が怒っていないか気になってあとを追うなんて、なんだかけなげというか、可愛いというか。

結果助けてもらえたのだし、むしろこちらのほうこそ、あんなふうにそっけなくしなくてもよかったのでは、などと思えてきてしまう。

まあこれとても、「それはそれ、これはこれ」なのだが――。

「あっ、来たかな。予想より二分早かったな」

「え……？」

来栖が話題を変えるように言って、まだガラスの入っていない窓から建物の外に顔を出し、ひらひらと手を振る。

瀬名もそちらに行って身を乗り出して外を見ると、入り口の前の路上に一台のバンが止まったのが見えた。白衣にマスクの人物が、バンを降りて小走りにこちらにやってくる。

肩に保冷バッグのようなものをかけているが、あれはいったい……？

「お待たせしてすみません、優仁さん！」

「いや、救急より先に来てくれて助かった。早速だが、薬を」

「はい、こちらに」

白衣の人物が保冷バッグのファスナーを開け、中から金属のケースを取り出す。ふたを開けると、そこにはレモンイエローの液体が入った注射器が入っていた。

「来栖さん、それは……？」

「あの少年の発情、なんだか尋常じゃないから。省内の身内に頼んで、先回りして強めの抑制剤を持ってきてもらったんだ。本来は使用許可申請が必要な劇薬なんだけどね」

来栖が言って、注射器を持って壁際の少年のほうに行く。

ぐったりした少年の腕を取ると、白衣の人物がさっと腕を消毒した。

オメガの少年の細い腕に、来栖が注射器の針を刺す。

「……ん、んっ……」

痛みがあったのか、少年がかすかに眉根を寄せる。だがややあって、その体から発せられていた濃厚な発情フェロモンが、すうっと収まっていくのがわかった。

「ああ、よかった。効いているね。楽になってきたか？」

「う、ん……」

「疲れただろう。そのまま眠っていいよ。ちゃんと安全な場所に運ぶからね」

来栖の優しい声に、少年がほっとしたみたいに瞼を閉じる。コトリと気を失ってしまった少年の頭をそっと撫でて、来栖が白衣の人物に言う。

「可能性は低いとは思うが、薬のアレルギーでも出ると困る。この子は厚労省のほうで保護させよう。担架はあるかな」

「はい、ただいま」

白衣の人物が建物を出ていく。瀬名もようやくほっとして、思わずその場に座り込む。

「……瀬名君もお疲れさま。顔、大丈夫？」

来栖に訊ねられて、そういえば殴られたなと思い出した。意識したせいかジンジンしてくるが、別に大したことはない。

「平気だ、これくらい。久しぶりに大立ち回りをやったから、体はバキバキに痛いけど。なまってんなぁ、俺」

「服も、ちょっと破れてしまったね」

そう言われて我が身を見ると、フーディーの袖に大きな裂け目ができていた。

ためらいを見せながら、来栖が言う。

「……あの、瀬名君？」

「うん？」

「実はこの近くに、僕のセカンドハウスがあってね？　着替えを貸してあげられるし、顔に湿布くらいは貼ってあげられるし……、よかったら、このあと少し寄っていかない

か？」

オメガの少年を白衣の人物に託したあと、救急にことの次第を説明し、警察にも単発の「発情事故」として届け出た。

先ほどのアルファ制圧装置の使用に関しての釈明も一応して、諸々処理を終えたのち、瀬名は来栖が持つ、瀟洒なマンションの最上階の一室に連れてこられた。

殴られて口の中が切れていたし、手も汚れていたので、バスルーム脇の洗面室の洗面台で手洗いとうがいをさせてもらってから、リビングへと入っていく。

「……うわ、すごい眺めだなここ」

最寄り駅で言うと、メトロの新宿御苑前だろうか。

もう日はすっかり暮れていて、窓からは新宿御苑の森と代々木公園、西新宿の夜景が見える。昼間に見ても、きっと素晴らしい眺望だろう。

(ほんとに家まで来ちゃったけど、よかったのかな)

『大丈夫、下心はないよ！』

さりげなく自宅に来るよう誘ったあと、来栖はすかさず朗らかな声でそう付け加えた。

先ほどの様子から、来栖がそういう嘘をつくタイプとは思えなかったので、瀬名は彼の提案に乗ることにしたのだが、もし万が一また彼に迫られたらと思うと、うかつな振る舞いをしたかもしれないとも思えて……。

「うがいできた？　口の中、しみただろう」

「ちょっとだけな」

「そこ、座っていて。何か飲むか？」

「ああ、いや、おかまいなく」

革張りのソファに腰かけながら答えるが、来栖はキッチンに入っていく。

高めの対面カウンターには洒落たハイチェアが二つ、キッチンの中には調理器具や調味料、乾物などが綺麗に並んでいるのが見える。

とても同じ独身とは思えない、優雅な暮らしぶりが見えるようだ。

ここが「セカンドハウス」だなんて、さすが名家の出のエリートアルファは住む世界が違うなと、ついそんなふうに思ってしまう。

(……でも、誘ってもらえてよかったのかも)

屈強のアルファに追いかけられ、襲いかかられる恐怖。

四年前のあのときも、家に帰ってからその光景を思い出してよく寝つけなかった。

今振り返ってみると、あのときは来栖が助けてくれ、終始理性的に接してくれたからこそ、心に深い傷を負わずにすんだようにも思う。今回も、来栖はほかのアルファのように発情フェロモンに惑わされず、冷静に状況を処理して、瀬名を気遣って家に連れてきてくれた。そのことを、この上なくありがたいことだと感じる。

「ほうじ茶にしたよ。これならそんなに傷にしみないと思う」

「あ……、どうもありがとう」

来栖が茶を運んでくると、彼の匂いがふわりと漂った。

いつもの彼と変わらぬ落ち着いた態度に、安心感を覚える。

「……そういや、あんた非番なのに、抗フェロモン薬を持ってたのか？」

「え？」

「あのオメガの少年のフェロモン、あり得ないほど強烈だったろ？　でも来栖さん、すごく冷静だったし」

そう言うと、来栖が少し考えてから、首を横に振った。

「……いや。薬は使っていない」

「えっ、何もなしであんなに冷静でいられるのかよ、あんたっ？　でも、そんなこと……」

あり得ない、と言いかけて、瀬名は口をつぐんだ。

別に、あり得なくはない。発情したオメガとの交合中に相手の首を噛み、番の関係になったことのあるアルファなら、ほかのオメガの発情フェロモンには影響されなくなる。

オメガのほうも、一度一人のアルファと番になれば二度と番以外のアルファを発情フェロモンで惑わさなくなるし、性行為自体も番以外は体が受けつけなくなるが、アルファのほうには制約はなく、世間にはいわゆる「多頭飼い」をするアルファまでいる。

もしや来栖には、過去に番の相手がいたのでは……?

「……瀬名君。もしかして疑ってるのかもしれないけど、僕には番はいないよ?」

「あっ、いや、疑ったわけじゃっ」

「さっきも、そこまで冷静だったってわけでもないしね。きみと少年を助けなきゃって、無我夢中だっただけだ」

来栖が軽く肩をすくめて言う。

「ただ仕事柄、発情フェロモンに多少耐性がついて、我慢がきく体質になっているのはあるかも。何しろ抗フェロモン薬を打つ機会も多いからね。海外勤務の頃に使っていた薬は、日本で認可されているものよりも強力だったし」

「そう、だったのか……」

それはある意味、とても頼もしい体質だ。彼がいつも穏やかで、常に平静を保っていられるのはそのせいなのかと、合点がいく。先ほど襲ってきたアルファたちの理性が吹っ飛んだ様子を見ると、体質を変化させるだけでオメガの発情フェロモンへの耐性が得られるなら、みんなそうさせてやりたいような気持ちになってくる。

(アルファだって、ほんとは不本意なのかもしれないよな、あんなふうになるの)

オメガが保護の名の下にアルファのものにされてきた歴史を、瀬名は快く思っていなかった。だがよく考えてみればアルファのほうも、少なくとも一人のオメガと番の関係にならなければ、不特定多数のオメガの発情に否応なしに煽られてしまうのだ。

オメガの突発的な発情で理性を失ってレイプしてしまってから、向こうが誘ってきた、なんて暴言を被害者にぶつけるアルファもいるのは、もしかしたらアルファにも、オメガの発情フェロモンに影響されざるを得ないことへの鬱屈があるからかもしれない。

発情と番というシステムは、なんとも業が深いものなのだなと思う。

「瀬名君、右手の指の関節のところ、ちょっとずつ擦りむけてるね？」

「ああ。擦ったみたいだ、地面とかで」

「消毒して、絆創膏くらい貼っておこうか。待っていて」

来栖が言って、リビングを出ていく。

しばらくして救急箱を持って戻り、瀬名の隣に腰かけて消毒薬のボトルを取り出した。そうして瀬名が差し出した右手にシュッと噴霧し、指の関節の一つ一つに丁寧に絆創膏を貼ってくれる。

(あ……)

来栖の体から発せられる、甘い匂い。再会して以降、徐々に強くなってきたその匂いに、瀬名はいつも心を乱されている。

だが今日は少し、普段と違うふうに感じる。彼の匂いを感じるだけで、どうしてか心が安らぐ気がする。疲れた体を優しくほぐされるみたいな感覚もあった。

危ないところを助けてもらったからなのかと、なんとなくそう思ったのだけれど。

（それだけじゃ、ない……？）

来栖が傍にいるだけで、傷の小さな痛みも和らぐようだ。心を強く引き寄せられるみたいな感じもあって、知らず彼の姿を凝視してしまう。

触れたら柔らかそうな、豊かな金髪。瀬名の手を治療するため伏せられた、まつ毛の長い目。広い肩に厚い胸板。すらりと伸びた優美な手足。

まるで彼の存在そのものが、瀬名を魅了するかのようだ。

このアルファと結ばれたい。もう二度と、彼の傍を離れたくない。そんな切なく震えるような想いまでが胸に湧き上がり、泣きそうな気持ちにすらなってきて――――。

「よし、これでいい。終わったよ。……ん？　瀬名君？」

「あっ、ありがと。あのさ、もう一回口ゆすぎたいから、洗面台借りていいかなっ？」

「もちろんいいよ」

「さ、さんきゅ！」

あわあわしながらもどうにかそう言って、瀬名は来栖から離れて洗面室へと駆けていった。

「はあ、なんなんだよもう……！」

弾む心拍を抑えながら、瀬名はため息交じりに独りごちた。

洗面台の鏡に映る自分の顔は上気して、目はわずかに潤んでいる。息も小さく乱れて、口唇がふるりと震える。まるで彼に心ときめいているみたいだ。

思いがけない動揺に、なんだか自分でもついていけない。彼の匂いだけでなく、存在そのものに心を揺さぶられるなんて、まさか思ってもみなかった。

アドレナリンが沸騰しそうなほどの身の危険と、そこから彼によって救い出されたという事実が、二人の間の縁とやらをまた深めてしまったのだろうか。

(ほんと、なんなんだよ、運命って)

いわゆる一目惚れのようなものではないかと、瀬名は最初そう思っていた。一方的な思い込みで恋情を募らせ、その気持ちに自分で恋して、勝手に焦がれていくものなのではと。

でも、どうやらそんな独りよがりなものではないみたいだ。

まるで二人の身体、意思、感情、あるいは遺伝子そのものが惹かれ合い、共鳴し合っているみたいな。あるいは何か得体の知れない、どうやっても抗いがたい力が、二人を番わせようと働いているかのような。

上手く言えないが、瀬名は今、そんな感覚に陥っている。

来栖がこれを運命と呼びたくなる気持ちが、瀬名にもだんだんわかってきた気がする。

(けど、人間は野生動物じゃないんだ)

どんな人間関係でも、少しずつ相手を理解し合っていくものだ。そこを飛び越えて番になるというのは、やはり瀬名には受け入れがたい。

これ以上おかしな気分になる前に、お暇しよう。

瀬名はそう思い、時間を確認しようと腕時計を見た。

「……ん？　なんだ、これ」

時計のガラス面に、ポツリと小さな水滴がついている。水かと思ったけれど、もう少し粘度があるようだ。鼻を近づけると、何か少し匂いがすることに気づいた。

桃に似た、甘い匂い。先ほどのオメガの少年がぶつかったときにこぼしたものだろうか。

「っ……？」

指先で拭い取ってみると、皮膚にわずかな温感があった。慌てて流水で流したが、拭ったところが赤くなり、ジンジンしてくる。もしや、強い酸か何かだったのか……？

「……え……」

トクン、と心拍が跳ね、鼓動が速くなり始めたから、驚いて固まった。心臓の動きに合わせるように、呼吸も少しずつ速くなる。体の芯が妙に熱くなってきて、肌がざわざわと粟立つ感覚があった。

続いて感じたのは、体の震えと背筋のしびれ。この感覚は、まさか。

(う、そだろ。なんで発情してんだよ、俺！)

初めての発情以降、発情抑制剤の服用はかなり正確に続けてきた。たまに飲み忘れたり、体調の波で軽く発情しかけたことはあるが、ここ数年はなかった。

こんなところで予期せず発情してしまうなんて、そんなことまずあり得ないのに。

『……瀬名君っ？』

洗面室のドアの向こうから、来栖の驚いたみたいな声が聞こえる。

瀬名の体からは、早くも発情フェロモンがにじみ出しているのだろう。来栖が薄くドアを開けたので、瀬名は戸惑いながらもそちらを見返した。

彼には珍しく険しい顔をして、来栖が言う。

「……きみ、もしかして発情しているのか？」

「そう、みたいだ」

「でも、変だな。これはさっきの少年と、同じ匂いだ」

「え、匂い、って？」

「自分ではわからないか？　熟れた果物みたいな甘ったるい匂い。きみの心地いい匂いとはまったく違う、不快な甘さだ」

キュッと眉根を寄せて、来栖が訊いてくる。

「何があった。どうしていきなり発情を？」

「わ、わから、な……」

困惑してそう答えようとしたところで、はっと指に目を落とした。

熟れた果実の匂いは、ひょっとしてあの水滴では。

「……腕時計に、水滴がついてて。さっきのオメガの少年と接触したときに、あの子がこぼしたものがついたんだと思う。指で拭ったら、こうなって」

赤くぷっくりと膨れた指先を来栖に見せると、彼が青い目を見開いた。驚愕し切ったみたいに声を震わせて、来栖が言う。

「こんな、少量でっ……？　まさか、原液なのかっ？」

「げんえき……？」

来栖が何を言っているのか、だんだん頭がぼやけてきたのでよくわからない。どうやら本格的に発情し始めてしまったみたいだ。はあはあと荒く息をしながら、瀬名は言った。

「……ヤバい、さっさと緊急用の抑制剤飲んで止めないと。あんたの救急箱の中には、さすがに入ってないよな？」

「残念ながらね。でも仮に入っていたとしても、今のきみには効かないと思うよ」

「どうしてそう思う？」

「きみのそれは、おそらく違法な発情薬による強制的な発情だ。普通の抑制剤では止められないさ」

「ええっ……？」

断言するように言われて頭が混乱する。

違法な発情薬。それはもしや、四年前のあのときに盛られたみたいな……？

「さっきの少年もそうかもしれないと感じたから、わざわざ強い抑制剤を持ってきてもらったんだ。分析の結果を待ってから判断しようと思ったが、どうやら間違いなさそうだね」

「ちょっ！　じゃあ、俺もあの子みたいになるのかっ？」

発情で体が燃えるように熱くなってきたのに、おののきで冷や汗が出てくる。

来栖がなだめるように言う。

「大丈夫。一滴二滴付着した程度ならあそこまではいかないだろう。薬品が空気に触れていた時間も長い。効果は弱まっているはずだ」

来栖が言って、思案げに続ける。

「匂いの感じからすると、ほぼ間違いなく四年前のものと同系統の薬だ。となればそれを鎮める方法は二択。さっきオメガの少年に投与した抑制剤を半量ほど使うか、もしくはアルファに抱かれて薬が抜けるまで射精を繰り返すか。あのときみたいにね」

「──────っ」

あまりのことに絶句する。もしさっき、あのまま家に帰ってこうなっていたら、わけがわからず苦しんでいたかもしれない。だからここに寄ったのは不幸中の幸いだ。

でもまさかよりにもよって、来栖の前で発情してしまうなんて、それこそ運命のいたずらとしか言いようがない。瀬名はふるふると首を横に振って言った。

「いや、二択って！　もしそうだとしても、俺はっ」

「わかっている。きみの希望は抑制剤一択だろう？　すぐに手配する。到着までバスルームを使ってくれていいよ」

「バスルーム？　なんで？」

「なんでって……、さっきの少年みたいに、立っていられないほどの苛烈な全身症状は出ていないんだ。自分で慰めないと、ムラムラして苦しいだろう？」

「ム……っ！」

来栖らしからぬ明け透けな言い方に、ぼっと頭が熱くなる。

つまりここ、来栖の家のバスルームで、自慰をしろと……？

（言ってることは、正しい。でもきっと、その程度じゃ……）

服のポケットから携帯電話を取り出す来栖を、細く開いたドアの間から見ながら、四年前のあの晩を思い出す。

飲み物に混ぜられた発情薬で、瀬名は今と同じように強制的に発情させられた。その体をアルファの男「ジン」に奪われ、彼に抱かれて何度もオーガズムを極めた。

あのときの「ジン」――来栖との濃密なセックスに比べたら、自慰なんてほとんど焼け石に水だ。認めたくはなかったが、あれから四年間、瀬名はずっと自慰では満たされなかったのだ。試したところで逆に泣くほどの渇望に苛まれるだろう。

後孔に凶暴なアルファ生殖器をつながれ、熱く潤んだ媚肉を激しく擦り立てられて、律動するそれをきゅうきゅうと締めつけながら達する頂。

あるいは瀬名の中のひどく感じる場所をぐいぐいと執拗に抉られ、最奥の狭い場所をカリ首でぐぷぐぷと攻められて、泉のように白蜜を吐き出す感覚。

忘却の淵に深く沈めて封印していた凄絶な悦びの記憶が、体中にまざまざと甦り、瀬名はあえぎそうになった。

アルファが、欲しい。

腹の底から突き上げてくるみたいな、オメガの本能。ほの暗い劣情。

あまりの強烈さにめまいがする。過呼吸になりそうなほど息が上がり、四肢がガクガクと震え始めた。瀬名自身が勃ち上がり、後孔もジワリと潤んできたのがわかる。欲望が喉元までせり上がり、意識が錯乱してしまいそうにすらなって――。

「……こんばんは、優仁です。遅くにすみません」

電話の相手をしばらく呼び出したのちに、来栖が親しげな声で言った。

「ええ、先ほどは助かりました。無理を通していただいてありがとうございます。それで、大変申し上げにくいんですが、実は、もう一件――」

「っ……！」

抑制剤の手配をしようとしている来栖に、瀬名の体が無意識に動く。ドアの間から手を伸ばし、携帯電話を持つ来栖の左手をつかんで引くと、彼がはっとした顔でこちらを見た。

瞬間、まるで手から電流が流れ込んできたかのように、背筋がびりびりとしびれた。

「あ……！」

肉体が欲情でメラメラと燃え上がる感覚に、上ずった声が洩れる。

わなわなと震える口唇。喉はぐっと窄まって、まともに息も吸えない。見開いた目の視界の縁は白くぼやけ、来栖の姿しか見えなくなる。呼吸困難に陥りそうな恐怖を覚えたから、無理やり息を吸い込むと、胸いっぱいに甘く優美な匂いが溢れた。

バース性が生まれた頃から続く、強い血を受け継ぐ男。瀬名の体に縁を刻んだアルファ、来栖優仁。

瀬名の意識の深い部分が、目の前の人物が何者であるのかを認識する。そうして彼とのつながりを求めて、体中がひたひたと潤み始める。

手が触れ合った瞬間に、瀬名は体でわかってしまった。来栖がほかの誰とも違う、瀬名にとって特別なアルファであることを。

（……こいつは、「本物」なのかもしれない。だって俺の体は、こいつをっ……）

アルファなら、誰でもいいわけじゃない。瀬名が欲しいのは、来栖だ。

そんなふうに思うなんて想像もしていなかった。運命など信じてはいないのに。

「……すみません、少し状況が変わりました。またかけ直します」

来栖が携帯電話を右手に持ち替えて相手に告げて、通話を切る。それから注意深くこちらに視線を向けて、探るように訊いてくる。

「瀬名君、大丈夫か？」

「……ああ」

「僕を止めた理由を、聞いても？」

「いい、けど、口に出すのがちょっと……、いやかなり、悔しい」

つかんだままの来栖の左手を離すこともできないくせに、思わずそんな強がりを言うと、来栖が不思議そうな顔をした。

「悔しいだって？　いったいどうして、そんなふうに？」

「それは、なんていうか、矜持が揺らいだっていうかっ」

瀬名は言って、来栖を上目に見た。

「運命とか、ぜんぜん信じてないよ。けど、あんたが俺にとってヤバいアルファなんだってことは体でわかる。俺の体は、あんたが欲しくてたまらないみたいなんだっ」

もはや破れかぶれな気分で、自分の存在を彼の前に投げ出すみたいにそう言うと、来栖が青い目を丸くした。それから、どこか状況を面白がるみたいな表情を見せて言う。

「……そうか。それは確かに、きみにとっては矜持にかかわることかもしれないね。でもまさかここにきて、そうストレートにこられるとは思わなかったな。きみはとても潔い人なんだね！」

ふふ、と声を立てて、来栖が笑う。こちらは笑い事ではないし、そんなふうに笑えるほど他人事でもないと思うのだが、来栖はあくまで平静さを崩さない。思案するように少し黙って、それからこちらを見て訊いてくる。

「つまり、きみは選択肢として二択目の存在を認めると。そう受け取っていいのかな？」

「そっ……！　ぅいうことに、なるなっ」

「うーん、そうか。でもそれを選ぶとなると、なんだか信義に反するような気もするな」

「……は？　信義って？」

「ほら、僕は下心はないと言ってきみをここに連れてきたわけだろう？　据え膳を前にして舞い上がって、欲に任せてきみを抱いてしまうっていうのは、信用にかかわるかなと」

妙に真面目くさった顔でそんなことを言うので、思わず目が点になった。

ほとんど決死の覚悟で、というのは言いすぎとしても、今までさんざん拒絶してきた経緯もある。こちらは恥を忍んで抱いてほしいとお願いしたつもりなのに、まさかそんなふうにいなされるとは思わなかった。もしかして、からかわれているのか……？

「いや、ちょっと待ってくれ。あんた、運命だから番になろうなんて言うくせに、なんでそこだけ律儀なんだよっ？」

「え、そう？　律儀かな？」

「そうだろ！　いつもの軽いノリはどうした。俺を口説きたいんじゃなかったのかっ？」

「それは、もちろんそうだけど」

来栖が言って、真っ直ぐにこちらを見つめてくる。

「きみが明日の朝目覚めたときのことを、考えているんだよ」

「え」

「後悔させたくないんだ。発情していたからって、どうして軽はずみにあんなことをしてしまったんだろうなんて、思ってほしくないからね」

「来栖、さん……」

来栖の真摯な言葉に、胸がドキリとする。

彼は瀬名を心から大切に思い、大事にしようとしてくれている。

それが伝わってきて、劣情に支配されかけていた心がふと凪いだ。

そういうふうに気遣ってくれるのは、とても嬉しいけれど。

(……後悔しても、別にいい。だって俺も、「見定め」たいんだ)

『どうか見定めさせてくれ、この邂逅の意味を。僕ときみとの、運命を』

四年前のあのとき、来栖――「ジン」は、そう言って瀬名を抱いた。だったら自分も同じことをしてみたい。彼を「本物」だと思った自分の感覚が正しいものなのか知りたい。

あのときはされるがままだったが、今度は自分で選んでそうしたい。いや、そうしたのだと思いたいのだ。そんなのは、ただのくだらない意地なのかもしれないけれど。

「あんたは優しいんだな。でも、俺は平気だよ」

「瀬名君……」

「あのときと同じだ。人助けだよ、来栖さん。なんならあとから俺が誘ったんだって言ってもいい。だから――――！」

「……！」

来栖の手を強く引いて洗面室に引き込み、身を寄せて顔を近づける。

口唇が重なった瞬間、彼が息をのんだのがわかった。

こちらはまた背筋にしびれが走り、彼の甘い匂いに包まれる。頭が溶けそうになるのを感じながら、これ以上ないほど間近で来栖の青い瞳を見つめて、瀬名は言った。

「どうかあんたの手で、さっさとこのくそったれな発情を鎮めてくれ！」

稚拙なキスと、色気のない哀願の言葉。

でも自分には恋愛経験もないし、気のきいた言葉を言えるたちでもない。

ほとんど捨て身の瀬名に驚きを見せながらも、来栖が言った。

「きみは、本当に潔い人だ。そんなふうに言われたら、僕も応えなければならないね」

「じゃ、じゃあ……？」

「でも、きみが誘ったんだなんて言わないよ。これは事故処理で、お互い合意の上の行為だ。それで、いいんだね？」

「ああ、いいっ。それで、いいからっ」

「了解だ。バスルームとベッド、どちらがいい」

「ベッ……！　ドは、汚したら悪いしっ……、こ、こっちで」

瀬名は言って、自らバスルームのドアを開けて来栖をいざなった。

欲しいものを与えてもらえるとわかったら、恥だとか矜持だとか、欲望を押しとどめるためのストッパーが一気に吹っ飛んだみたいだ。早く触れてほしくて、欲情に震える手で腕時計を外し、もたもたと衣服を脱ぐ。

すでに期待の涙で濡れていたボクサーパンツを脱ぎ捨てたら、勃ち上がった瀬名自身がさらけ出された。チョーカーだけになって来栖を見つめると、彼がジャケットとシャツを脱いで、黙ってこちらに身を寄せてきた。

「……ぁ、んっ……」

口唇をついばまれ、舌でぬるっとなぞられて、ふらりとよろけそうになる。

キスの甘さと彼から立ち上る匂いで、早くもわけがわからなくなりそうだ。熱い肌にすがりつき、口づけに応えて吸いつくと、緩んだ口唇にぬるりと舌が入ってきた。

「ん、むっ、ぁ、ふっ……」

花の蜜みたいな匂いがする、甘くて温かい来栖の口づけ。

当たり前だが、「ジン」と同じ匂いと味だ。舌を絡ませ、ちゅるりと吸い合うだけで、体が悦びで歓喜するのがわかる。後ろはとろとろと潤み、内奥が疼く感覚もある。

犬みたいに腰を揺すってしがみつくと、来栖が待てをするように口唇を離した。

「あのときと変わらず敏感だな、きみは。キスしただけで、ここもますます大きくなって」

「ふ、あっ、来栖、さっ」

「ああ、してあげるよ。ここに触れてほしいんだろう？」

「あぅっ、ああ、はあっ」

屹立した瀬名の欲望を、来栖が温かい手で包んで優しく扱いてくる。

彼の手が吸いつくみたいな感覚に、ゾクゾクと全身が震える。

予想してはいたが、彼に触れられて感じる悦びは、自分でするのとは比べものにならないほど気持ちがいい。もうずっとこのときを待っていたような、そんな気さえしてくる。

とめどなく透明液が溢れてくるせいか、来栖が手を上下させるだけでくちゅ、くちゅ、と濡れた音がバスルームに響いた。

まだ始まったばかりなのに、すぐにでも暴発してしまいそうだ。

「我慢せずいつでも、何度だって達っていいからね。遠慮なんていらないから」

「ん、んっ、ああ、ああっ」

手の動きを速めながら、来栖がもう片方の手で瀬名の背筋を撫でてくる。

そのまま滑り下りて尻たぶをわしづかみにされたら、それだけで欲望がビンビンと跳ねて、腹の底がきゅうきゅうと収縮するのがわかった。

遠慮などできるわけもない。達きそうだと感じた瞬間、一気に頂がやってきた。

「ぁあっ、あっ……！」

自分の腹と来栖の腹とに、白いものがぱたぱたと撒き散らされる。

このところ自分で触れることもしていなかったから、久しぶりの射精だ。

それが来栖の手によるものだなんて、ほんの半時前まで想像もしていなかったのに。

（もっと、してほしい。俺を、気持ちよく、してほしい……！）

頭があさましい渇望でいっぱいだ。発情のせいだとわかっていても、それに支配されてしまうオメガの体がいとわしい。あのときと同じように、ついそう感じてしまうけれど。

「……素敵だよ、瀬名君。悦びに震えるきみは、すごく魅力的だ」

「そ、な、ことっ」

「これは事故処理だけど、悦びは本物だ。せっかくきみに触れるんだから、もっともっと、気持ちよくさせてあげるからね？」

「来、栖さ……、あ、うぅっ、はぁ、あっ！」

達したばかりで敏感な欲望を来栖にまた指先でなぞられて、知らず腰が揺れる。

一度吐き出せば普通はすっきりするものなのに、発情のせいか下腹部がどんよりと重く、白い蜜液がどんどん溜まってくる感じがする。後ろの肉筒も熱くなって、大きくて硬いものを求め始める。こんなものでは足りない、もっと快感を与えられたいと、全身が叫び出しそうだ。

淫らな自分の体におののき、ふらふらとバスルームの冷たい壁に背を預けると、来栖が身をかがめて、瀬名自身を扱きながら胸に口づけてきた。

「ひ、ぅっ、ああ、はぁっ」

ツンと勃った左右の乳首に順に吸いつかれ、舌でぴちゃぴちゃと舐められて、膝から力が抜けそうになる。

誰かにそこに触れられるのは、四年前、ほかならぬ来栖にされて以来だ。でもあのときはすぐに後ろでつながって中を攻め立てられ、気を失うまで達き果てさせられたから、胸が感じる場所だなんて、今の今まで忘れていた。

舌先でなぞられ、口唇で甘く吸い立てられるだけで、まるで体内で回路がつながってでもいるみたいに腹の奥がひくひくと震える。瀬名自身の切っ先からは先ほどの残滓を押し出すように、また透明な嬉し涙がたらたらとこぼれてきた。それを絡めるみたいにしながら、来栖の指が瀬名の欲望の先端から幹、根元まで、リズミカルに行き来する。

「は、あっ、ふぅ、うっ」

「胸と一緒にいじられるの、気持ちいい?」

「ん、んっ」

「そういえばあのときは、胸にはあまり触れなかったね。変な言い方だけど、ちょっともったいないことをしたな」

「あっ！　ぁ、んっ、はあ、ああっ」

硬くなった乳首をざらりとした舌でねっとりと舐《ねぶ》られたり、舌先で潰すみたいにされたり。あるいは口唇できつく吸引されたり、軽く歯を立てられたり。

多彩なやり方でそこを刺激され、そのたびに腰が恥ずかしく踊る。欲望もきつく張り詰めてきて、出口を求めて爆ぜそうになる。

後ろの筒もますます潤み、雄を欲しがって切なく蠢動し始めた。

「あ、ああっ、来栖、さっ」

達きたくてたまらなくなって、来栖の肩につかまり、指の動きに合わせて腰を揺する。乳首をちゅぱっと音を立てて吸われ、指をきつく搾られると、幹にジュッと血液が集まってくるのがわかった。腹の底がまたきゅうきゅうと収縮して、熱い蜜が上り始める。

「あう……、ああ……！」

びゅく、びゅく、と、瀬名の切っ先が白蜜を吐き出す。

続けざまの二度目の射精なのに、血気盛んな十代のそれのような量だ。

オメガの精液にも生殖能力はあるわけで、こうしてたっぷりと溢れてくるのは、瀬名が健康な肉体を持っていることの証しとも言えるだろう。

でも、瀬名は知っている。後ろで達して押し出されてくるそれは、前をいじられて出すのとは比べものにならないほどの量だということを。

「……は、あっ、来栖、さんっ、俺っ……」

「後ろが疼いてきて、苦しい？」

「う、ん」

まるで何度も抱き合ってきた恋人同士のように、来栖は瀬名の体の状態を正確に把握している。振り返ってみれば、四年前のあのときも彼はそうだった。今まであまり考えたことがなかったが、来栖はそんなにも、セックスの経験が豊富なのだろうか。

「……来栖、さんてさ」

「ん？」

「その……、番はいなくても、恋人とかは、いたんだよな？　俺と出会う前」

「え。急にどうしたの？」

「いや、だって！　あんたこんなに手慣れてるしっ、あのクラブでだって、一応名の通った客だったんだろっ……？」

あの地下クラブを来栖が内偵していたとき、瀬名との出来事のようなことがほかになかったとは考えられない。あの場では一目置かれていたようだし、ああいうことをほかの誰かともしていたのでは……？

「……瀬名君。もしかして、妬いてくれたのか？」

「はっ？　そ、そんなんじゃっ！」

「いやあ、嬉しいなぁ！　きみがそんなふうに思ってくれるなんて！」

「だからっ、違うってっ……、あっ！」

来栖がくすくすと笑いながら立ち上がって、瀬名の体をくるりと反転させ、壁に手をつかせて尻を突き出した格好にさせる。そうして瀬名の背筋をつっと撫で、尾てい骨をなぞって、そのまま窄まりへと指を這わせてきた。

「あ、んっ……！」

「きみのここ、もう、少しほころんでいるね。それに甘く潤んでいる。ゼリーの代わりに何を使おうか考えていたんだけど、これなら必要ないな。ほら、わかるだろう？」

「あっ、あぁ、あ……」

つぷりと指を沈められて、ため息交じりの声が洩れる。

くちゅ、と濡れた音が耳に届いたが、触れられただけでも、そこがとろとろに濡れそぼっているのがわかる。指をもう一本挿れられ、ゆっくりと出し入れされても、違和感や痛みはない。優しくかき混ぜられたら、それだけで柔らかく開いていくのが感じられた。

まるで瀬名の体が、来栖の指の動きに応えているみたいだ。

「恋愛は何度かしたよ。きみと出会う前は、まあ人並みにね」

瀬名の質問に答えて、来栖が言う。

「内偵の間は人を雇って、クラブの関係者に不審に思われないよう気を配っていた。仕込みの相手でなく、薬を盛られたまったくの素人と、しかも本番行為までしたのは、あとにも先にもきみとだけさ」

「そう、なのか……？」

別に妬いたわけではなかったはずなのに、そう言われてなぜか少しほっとする。

するとどうしてか、来栖が意外そうな顔をした。

「……きみは、あれから誰ともセックスしていないんだね？」

「なっ？　んで、わかるんだっ……？」

「きみの体のことは全部わかるよ。最初のときからそうだった。だから悟ったんだ、きみは僕の『運命の番』なんだって」

来栖が言って、瀬名の胸に腕を回して後ろからそっと抱いてくる。

「ずっと、そう言っているじゃないか。僕は別に手慣れてなんかいない。ただきみがどうしてほしいのか、こうしているだけで手に取るようにわかるだけだ。それはきみが、僕にとって特別なオメガだからだよ、瀬名君」

「来栖、さん……、あっ、あっ！」

「ここがいいんだね？　じゃあ、三度目はここで達かせてあげようか」

「やっ、あっ！　あ、ああッ」

来栖が瀬名の腰を上向かせ、中で指をくるりと返して、指の腹で感じる場所をなぞる。

内腔前壁の中ほどにある、窪みのような一点。

あのとき来栖に見つけ出され、彼の肉杭をあてがわれて何度も達かされた場所だ。そこを刺激されると、瀬名はどうしようもなく感じて、何も考えられなくなってしまう。

指でなぞられても気持ちがよくて、だらしなく口唇が緩む。

「あっ、あ、来栖、さんっ、そ、こはっ、あ、んっ……！」

首をひねって振り返ると、瀬名がそうしてほしがっているのを察したかのように、来栖が口唇に吸いついてきた。

甘く舌を吸い合うだけで、彼の匂いに酔って足がガクガクしてくる。

「ぁ、ふっ……、ん、うぅッ……！」

体がぶるりと震えたと思ったら、瀬名の先端からドッと蜜液が溢れ出し、バスルームの壁と床とにびちゃびちゃと飛び散った。中で達する兆しはなかったのに、キスと指の動きとで一息に持っていかれたようだ。

上体がばねのように跳ね、頭の中は真っ白になって、意識まで朦朧としてくる。

「……たくさん出たね。こんなに出しても、きみの体はまだ熱い。僕を求めてぐらぐらと煮え滾っているみたいだ」

来栖が言って、後ろから指を引き抜く。

それだけで窄まりがひくひくと震えて、また小さく極めそうになる。

悶絶しそうになっていると、瀬名の背後で来栖がカチャカチャとズボンのベルトを緩め、下着ごと脱いで洗面室のほうに放った。雄をつながれる気配に、ざわりと肌が粟立つ。

(彼が、欲しい……、奥まで、つながってほしい)

何度達して白いものを吐き出しても、きっとそれだけでは満たされない。

発情した体にアルファの凶暴な生殖器をつながれ、最奥までのみ込まされて、さんざん感じさせられなければ、自分はもう永遠に満たされないのではないか。

そんな怖い想像をして、戦慄しそうになる。結局はそれが、オメガの本能なのだろうか。

「瀬名君。装着している保護具は、あのときと同じものかな?」

「……あ、ああ、同じ、だ」

「じゃあ、もうこのまま挿れるよ? 楽にしていてくれ」

来栖が軽く言って、瀬名の腰を両手で引き寄せる。

両の親指で尻たぶを開かれると、秘められた場所がヒヤリと空気に触れた。

熟れ切ったそこに来栖の切っ先が押しつけられ、そのままぐぷんと沈められる。

「う、くっ、あ……！」

すさまじい熱とボリュームとが侵入してくる感覚に、冷や汗が出る。

記憶にある「ジン」のそれと同じはずだが、腰を使って穿たれるたび、瀬名の体はミシミシときしむようだ。こんなにも大きなもので中を抉られて、自分は大丈夫なのかとかすかな不安を覚えるけれど。

「ああ、すごい、きみが僕にぴったり吸いついてくる。僕を受け入れてくれているのが、わかるよ」

「う、うっ、来栖、さ、んっ」

「ここが、僕の形になっていく。きみの体は、僕のことをちゃんと覚えていてくれたんだ。嬉しいよ、瀬名君」

「そ、なっ、ん、ぁあ」

そんなことがあるのだろうかと、つい訝ってしまうが、少しずつゆっくりと腹が来栖で満ちてくるのにつれて、その大きさにも熱さにも慣れて、中がなじんでいくのが感じられる。いっぱいに開いた窄まりも、押し広げられた内筒や内奥も、次第に来栖を柔らかく受け止め、あやしくうねって彼に絡みつき始める。

まるで体が、彼を再び受け入れられたことを悦んでいるかのようだ。

「ふふ、きみが絡みついてくるよ。もう動いてほしいんだね？」

来栖が言って、息を整えるみたいに深呼吸を一つする。

「……いいよ、瀬名君。僕をたっぷりと味わってくれ」

「ん、はっ……、ぁ、ああっ！」

来栖が腰をしなやかに揺すって、瀬名の中を行き来し始める。

ズクリ、ズクリと、急くことなく瀬名をなぞって動く来栖の肉杭は、あのときと同じように熱く雄々しい。ゼリーなどなくともその熱に反応してすぐに中が蕩けて、彼が動くたびくぷ、ぬぷ、と淫靡な水音が上がってきた。

さざ波のような快感が、瀬名の背筋をざわざわと駆け上り始める。

「はぁ、ぅうっ、ぁあ、ああ」

「気持ち、いい？」

「う、んっ」

「ここは、どう？」

「あうっ！　あっ、そ、こっ、ああっ、はああっ」

先ほど指で達かされた場所を来栖が切っ先でなぞってきたから、裏返った声が洩れた。

そこは本当に弱みとしか言いようのない場所だ。繰り返し擦られるだけで発情した体が発火しそうに熱くなり、悦びで我を忘れそうになる。内腔もますますじくじくと潤んで、意地汚く彼の幹に追いすがって快感を味わおうとし始める。瀬名の先端からは先ほどの残滓と共に透明な液が糸状に滴り、緩んだ口の端からはだらしなく唾液がこぼれてきた。

瀬名の中にあるそこは、まるで快楽の泉だ。愛撫されるだけでどこまでも喜悦に溺れ、果てしなく堕ちていってしまう。

「……ぃ、いっ、気持ち、ぃっ、あ、ぁっ！」

たまらず自ら腰を揺すって淫らに声を上げると、来栖がかすかに息を乱し、瀬名の双丘を両手で左右からぐっと寄せてきた。

「あぅうっ、そ、なっ、狭、いっ、あぁっ、ううっ」

感じる場所を抉られながら、狭まった肉筒を熱杭でぐいぐいと擦り立てられる。

硬い肉の茎が中をゴリゴリと行き来するたびに、頭のてっぺんから足のつま先まで、目がくらむほどの快感がビンビンと駆け抜ける。

摩擦で熱く溶けた肉襞が、またあやしく震え動き始める。

「あっ、ああ！　ぃ、くっ、達、ちゃっ、ひぁっ、あああっ――」

後ろで来栖をきゅうきゅうと締めつけながら、絶頂に身を投げ出す。

四度目の遂精。さすがに少しばかり腹の底に疼痛が走るが、愉悦は軽くそれを凌駕する。

ぴちゃぴちゃと、またたくさんの白蜜が出ている音が耳に届いたが、目の前が真っ白になって、瞼を開いているのに何も見えない。

「……おっと。そろそろ、立っているのがつらそうだね」

四肢の力が抜けそうな瀬名の後孔から、来栖が一度雄を抜き取り、背後からすくい上げるみたいに抱き支える。そのまま風呂椅子に腰かけながら、来栖がシャワーのコックをひねって湯を出し、瀬名が吐き出したものを洗い流す。

温かい湯を瀬名の腰や足にもかけて、来栖が訊いてくる。

「少し、休むか？」

「……？　ど、して？」

「どうしてって……、きみ、気を失いそうだから」

「そ、なこと」

あまりにも快感が強すぎたから、目を開けてすらいられなくなっているだけで、発情した体はまだぐつぐつと沸騰している。ここでやめられたら逆につらい。瀬名は上体ごとひねって来栖を振り返り、すがるみたいに言った。

「まだ、ぜんぜんだよ、来栖さん」

「瀬名君……、本当に？」

「ああ。だから、もっとくれ。あのときみたいに、気絶するまで達かせてくれよ

「……！」

自分でも意外なほど熱っぽい声が出たせいか、来栖が小さく息をのんだのがわかった。

でももう止められない。発情の終わりがくるまで貪欲に彼を求めるしかない。劣情をこらえ切れず、首にしがみついて口唇に吸いつくと、来栖が少しためらったように感じた。

だが彼はすぐにキスに応じ、瀬名の腰を抱き上げて向き合った体勢で腿の上をまたがらせる。瀬名は腰を浮かせ、自ら彼の肉杭に手を添えて、ゆっくりとその上に腰を落とした。

「は、あ、あぁっ！」

一息にくわえ込むように、瀬名の肉筒がずぶずぶと彼をのみ込んでいく。

最奥までみっしりと瀬名を満たし、大きな亀頭球で入り口を塞ぐ、来栖の剛直。

求めていたものを得た喜びで、笑みすら洩らしそうだ。本来の自分の欠けた一部が戻ってきたみたいな、そんな感覚すらある。

このアルファは、やはり「本物」なのだ。

かすかなおののきとともにそれを感じて、体の芯が熱を帯びる。

そうであればこの出会いは、やはり運命と呼べるものなのだろうか。

「動くよ、瀬名君。遠慮はいらない、僕で、好きなだけ気持ちよくなってくれ」

「……来栖、さっ、はあ、ああっ、あああっ！」

深く大きな律動に、思考が霧散する。

身の内が爆ぜるような凄絶な悦びに、瀬名は我を忘れて身を揺すっていた。


「うん。ぶかぶかだな」

濃密な時間が過ぎ、そのままバスルームで汚れた体を洗ったあと、来栖が服を貸してくれた。コットンシャツに薄手のニット、下はチノパンだ。肌着は未開封のものを渡されたので、あとで買って返そうと思っている。

瀬名には彼の衣服は大きめだが、上質な素材でできているようで、とても肌なじみがいい。ほんの少し彼の甘い匂いが漂うけれど、気になるほどではなかった。

とはいえ――――。

「……ほんと、どうするよ、これから」

事情が事情とはいえ、来栖と再び抱き合ってしまった。

しかもものすごく気持ちがよくて、数え切れないくらい達き尽くした。

発情がおさまって冷静になってみると、とんでもないことになったと冷や汗が出てくる。

（来栖さんが、特別なアルファなんだってことは、わかったけど……）

結局のところ、運命なんてわからなかった。

来栖が与える快楽がとてつもないものだったから、自分の体がそれを悦び、啼きむせぶほど感じてしまったのは確かだけれど、人はセックスのためだけに生きているわけではないし、何しろ彼は仕事のパートナーだ。

落ち着いて振り返ってみるに、肉体の快感が大きかったからこそ、それに引きずられてはいけないような気もして。

「あ……、濡れちゃったな、絆創膏」

擦りむけた瀬名の手に、来栖が丁寧に貼ってくれた絆創膏。

あのとき、瀬名の心は確かに甘く震え、ときめいていた。

とても不思議な感覚だが、瀬名にとってはセックスの間よりも、むしろあのときのほうが彼を近くに感じていたし、彼の傍にいることで安らぎすら覚えていた。発情していたわけではないので、ごくフラットな心でそう感じていたと言える。

それと比べると、発情時はやはり普通の精神状態ではないように思える。今回の場合は発情自体が強制されたものだったわけだから、来栖の言葉ではないが、セックスそのものも「事故処理」以上の行為ではなかったのかもしれない。

少なくとも、瀬名には「見定め」ることはできなかった。

来栖が本当に「運命の番」なのかどうかを。

（……来栖さんは、どう思ったんだろ？）

瀬名が交際や誘いを断ろうが、つんけんした態度で突っかかろうが、あるいは仕事の場で敬語を使っていようが、来栖は基本的に、いつでも鷹揚で穏やかな態度を崩さない。

でもそれは、あくまで身体的、社会的な距離を保った状態での話だ。成り行きとはいえ、こうして合意の上で抱き合ったからには、これを機に一気に距離を詰めてくる可能性もある。瀬名としては、それはなんだか嫌なのだ。

『……瀬名君？』

「わぁっ？」

洗面室のドアの向こうから声をかけられ、思わずおかしな声が出た。来栖がそっとドアを開けて言う。

「服、間に合わせで悪いね。少し話があるんだが、いいか？」

「えっ……、と、どんな、話だ？」

「ムードがなくてすまないが、仕事の話だ。せっかく家に来てくれたし、アクシデントもあったから、夕方の話の続きをしたいんだよ」

「お、おう、わかった」

普段と変わらない来栖の様子に、心底ほっとする。恋愛だとか運命だとかの話をするくらいなら、仕事の話のほうがずっと気が楽だ。

来栖についてリビングに戻ると、ローテーブルの上に二冊のファイルが置いてあった。並んでソファに腰かけて、来栖が言った。

「これは、僕が長年追っている件の調査の記録だ。軽く目を通しながら聞いてほしい」

「……ああ、わかった」

ファイルの片方を拾い上げて開いてみると、化学式や物質名などが並ぶページが目に入ってきた。瀬名が読んでさっと理解できるような内容ではなかったが、これはもしかして、違法薬物の……？

「オメガを強制的に発情させる発情薬や、アルファを激しく昂らせる興奮剤。夕方も言ったけど、僕はそういった違法薬物について長く調べている」

「興奮剤、ってのもあるのか？」

「ある。そろそろ分析結果が出るから、次の会議で報告しようと思っていた。ほら、この前の熊並みのアルファ、彼が使っていたのが興奮剤だ」

「あれか！　ヤクの反応は出ないし、いったいなんなんだろうと思ってたよ！」

強制捜査に入った風俗店で暴れまくっていた、通常の鎮静剤が効かなかったアルファ。そんな薬物を使っていたなら、あの状態もうなずける。

「で、先ほどのオメガの少年やきみを発情させたのは発情薬だ。密造の歴史は、およそ五十年ほどかな」

「そんな昔からあるのかよ？」

「プラセボ程度の効果のものも含めればね。効果が強いものが出てきたのはここ最近だが、それなりに高額な精製設備がなければ造れないものだ。先ほどの少年が原液を持ち歩いていたのはある意味奇跡だよ。きみの腕時計、よければ分析に回してもいいか？」

「ああ、もちろんだ。……そっか、げんえきって、原液のことだったのか」

瀬名は腕から時計を外してテーブルに置き、もう一つのファイルを手に取った。

表紙には「園田《そのだ》レポート」と書かれている。

「この園田っていうのは？　人の名前か？」

「僕の友人で、僕の前にこの件を調べていた人物だ。主に、薬の出どころについてね」

「出どころか。どんなものでも、ヤクを扱うには資金がいるよな。やっぱり暴力団か？」

「そう思うだろう？　ところが、そうではないんだ」

来栖が言って、ファイルを開くよううながしたので、瀬名はぱらりとページをめくった。

「……ん？　『運命の輪』？　……って、なんだっけ。宗教団体？」

「宗教ではないけど、独自の思想を掲げる社会活動団体、いわゆるカルトだ。アルファとオメガの自然な交わりこそが尊いというのが彼らの思想で、アルファによるオメガの積極保護を掲げている。抑制剤やオメガ子宮保護具、チョーカーなんかにも反対の立場だよ」

「アンチ抑制剤運動」や、「発情解放運動」。

確か、そんな運動を起こして自分たちの思想を広げようとしている団体だ。思想は「バース原理主義」などと呼ばれ、一部に熱心な支持者がいると聞いたことがある。

ことの核心を突くように、来栖が低く告げる。

「園田と僕の調査で、例の地下クラブ『アモル』で出回っていた違法薬物は、この『運命の輪』から提供されていたものだとわかっている。四年前の内偵では確証は得られなかったし、オーナーや経営サイドの人物を特定することもできなかったが、『アモル』自体も、『運命の輪』にとって薬物使用の実験の場として機能していたようだ」

「そうなのか？　でも薬を使うなんて、ぜんぜん自然な交わりじゃなくないか？」

「ああ、そうさ。だからつまりはそういうことなんだ。『運命の輪』はアルファとオメガの自然な交わりなど目指してはいない。ただあさましい欲望のままにオメガを支配し、虐待したいだけの、下種なアルファの集まりだ。『アモル』の客と同じようにね」

そう言う来栖の声が、穏やかな彼には珍しく強い怒気を孕んでいるように感じたので、瀬名は一瞬はっとした。こちらを真っ直ぐに見つめて、来栖が言う。

「だが、『運命の輪』は表向きはオメガに優しい。言葉巧みにオメガに近づき、その心に付け入って取り込んでしまう。きみの友人の成也君は、クラブにときどき来ていた幹部のアルファ男性、通称『キング』になついていた。失踪にも関係しているはずだ」

「成也が……、そうだったのか」

そんな怪しいカルト団体とかかわっていたなんて驚きだ。今頃ひどい目に遭ってやしないかと心配になる。そもそもちゃんと生きているのかと、不安にもなってくる。

「……その、園田って人は、どうしてるんだ？」

「亡くなったよ。この件に……、そう、深入りしすぎてね」

「……死んだ？」

「彼だけじゃない。表沙汰になっていないだけで、この件にかかわった人間はバース性を問わず何人も犠牲になっている。口封じはもちろんだが、発情薬や興奮剤そのものに強い依存性があって、なおかつ常用すると多臓器不全に陥ることもある、危険なものだからだ」

来栖が言って、驚愕のあまり絶句している瀬名に、秘密を打ち明けるみたいに続ける。

「ここまで話したのは、身内の一部の人間を除けばきみだけだ。僕としては、できれば今後はきみと二人だけで秘密裏に調べたい。手を貸してくれるか、瀬名君？」

「それは……、もちろんだよ。けど、どうして秘密裏になんだ？　どう考えても普通に特定バース関連事案だろ、これ？」

『運命の輪』には、政治家や財界の大物も出入りしていてね。潤沢な資金はおそらくそこから出ているし、その方面からの圧力で一度調査が打ち切りになった経緯がある。厚労省のほうでは表立っては調査できないんだ。でもきみと一緒なら、状況が打開できるかもしれない。僕はそう思っている」

来栖が言って、静かに続ける。

「アルファを興奮剤で昂らせたらどうなるか、この間きみも見たよね？　あんなものを造りながら、オメガを『保護』しようだなんて、まったく言語道断だ」

「確かに」

「それに、抑制剤の使用はオメガの権利だ。発情の抑制はオメガが平穏で快適な日常を送るためには必須なのだからね。それを強制的に奪うような違法な発情薬も、それを広めようとする『運命の輪』のようなカルトの存在も、絶対に野放しにはできない。なんとしても摘発する。僕はそのためにこの仕事をしているんだ」

彼の言葉ににじむしたたかな怒り。いつも穏やかな来栖が、胸の内にこんなにも強い信念を秘めていたのかと、何やら新鮮な驚きを覚える。

オメガの権利や保護について、アルファとは意見が合わないこともあるが、来栖がそんなふうに考えてくれているなら、それはとても嬉しいことだ。瀬名が想像している以上に、来栖はオメガを対等な存在として見ているのだろう。

そう思うと、来栖と仕事上のパートナーであることが、なんだか誇らしく感じる。

(……でもそんな男に、俺は)

「運命の番」だと言われ、隙あらば言い寄られていて。

運命なんて信じないと思いつつも、わけがわからずときめいたりもして。

その上付き合ってもいないのに、二度も体をつないでいる。

冷静に振り返ると、途端に思考がこんがらがる。

でも、もしかしたら先ほどの律儀なまでのセックスの合意の取り方も、彼の信念からきているのかもしれない。

だったら瀬名の気持ちを無視して不用意に迫られる心配は、もうないのかもしれないが、逆に今まで以上に仕事とプライベートははっきり分けなくてはと、そうも思えてくる。

とにかく、もう今夜はこれ以上ここにいても混乱するだけだ。とにかく帰って一人になり、頭を落ち着かせなければ。

「……『運命の輪』のこと、俺のほうでも調べてみるよ。デモとか集会の記録とか、あるかもしれないし」

瀬名は言って、テーブルに置いた腕時計に目をやった。

「もう九時近いな。俺、そろそろ帰るよ」

「そう？　軽く夕食でもと思ったんだけど」

「いや、悪い。夜はあんまり食欲なくて。明日も仕事だし、早く寝ないと」

ゆっくりと立ち上がりながら言うと、来栖がうなずいた。

「わかった。駅までの道、わかるかな？」

「大丈夫」

短く言って玄関まで行き、靴を履く。あとについてきた来栖が、思い出したように言う。

「今週は、ほとんど本庁のほうに出勤だったね？　次に会うときまでには興奮剤の件、はっきりしていると思うから」

「ああ、わかった。それじゃ、また」

「うん。おやすみ、瀬名君。いい夢を」

来栖が軽く手を振る。

外に出て玄関のドアを閉めると、夜気がひんやりと瀬名を包んだ。

来栖の匂いがしなくなる瞬間。仕事の場でもそうだし、普段から慣れているはずなのに、今夜はひどく寂しく感じる。

来栖が貼ってくれた手の絆創膏に目を落とすと、濡れたせいかはがれかけていた。取れてしまうかもしれないと思うとなぜかとても惜しい気がして、慌てて手で押さえる。

それだけで、どうしてか胸がキュンとなる。

（……俺、なんか、変だ）

今日はいろいろありすぎた。きっと疲れているのだろう。とにかく早く帰って休もう。

瀬名はそう思い、名残惜しい気持ちを振り払ってエレベーターへと歩き出した。


それからふた月ほどが経ったある晩のこと。

「……お、瀬名じゃないか。お疲れ」

「木場こそお疲れ。なんか、顔合わせるの久しぶりだな？」

今日は溜まった書類仕事を片づけるために一日本庁にいたので、ついでに資料室に立ち寄ったあと、退勤しようとエレベーターを待っていたら、木場がこちらにやってきた。

瀬名は笑みを見せて言った。

「特別執行官就任おめでとう、木場！　ベータからは四人目だって？」

「おー。まさか俺もなれるとは思わなかったよ。いやぁ、瀬名の活躍のおかげだな！」

木場が嬉しそうに笑う。

瀬名がオメガ初の特別執行官としていくつもの事案を摘発したり、解決したりしたためか、このところほかの課のオメガや、ベータの捜査員からも、特別執行官への抜擢が相次いでいる。同僚が同じように昇進するとやはり嬉しいし、いつもあとに続くオメガのためにと頑張っているので、そのとおりになってよかったと、瀬名はしみじみ思っている。

ただ瀬名としては、自分の実力というよりは、来栖と組んでいるおかげだと考えているから、あまり評価されるのはこそばゆい。年功序列を飛び越えて抜擢される現状を、面白くないと感じる者も当然いるだろうと思っているので、そこも微妙なところだ。

(それにあまり目立つと、例の件が調べづらくなるからな)

来栖と二人で進めている違法薬物と「運命の輪」の調査は、あれからあまりはかどっていない。助けたオメガの少年は、来栖が実家の人脈を使って密かに関連病院に保護しているが、何かショックなことがあったらしく、あれからずっと放心状態でまともに話せない。素性もわからないので、慎重に調べているところだ。

加えて例の発情薬を常用していたせいなのか、少年は体が極端に弱っているようで、しばらく療養が必要だと来栖が言っていた。

腕時計に付着していた薬の原液や興奮剤についての分析はすんでいて、違法性ははっきりしているから、次は流通経路などを調べたいところなのだが。

「そういや、近々昇進基準が変わるかもしれないらしいな?」

やってきたエレベーターに乗り込みながら、木場が言う。

「あいまいに残ってたバース性ごとの基準が撤廃されるんだと。バース安全管理法の改正に合わせてな」

「へえ、そうなのか？　ベータやオメガにとってはありがたい話だけど、バース安全管理法の法改正って、先延ばしを繰り返してなかったか？」

「あれだよ、与党のほら……、柿谷議員？　あの辺の若手が党の重鎮を動かしたらしいぜ。まあ秋には衆院選もあるし、有権者へのアピールってやつだろうけどな」

「はは。まあ、それは俺もそう思うけど。昇進しやすくなるならいいな」

以前、駅の近くで見かけた柿谷丈太郎議員の、精悍で力強い姿を思い出す。

アピールだろうがなんだろうが、バース性平等を現実のものにしようと動いてくれる政治家は、マイノリティーのオメガにとって得がたい存在だ。そういう志の高い政治家のおかげで、世の中が少しでも生きやすい場所になってくれるなら、それはやはりとても嬉しい。

「辞令交付式、楽しみだけど緊張するなぁ。おまえどうだった？」

「うーん、俺はどっちかっていうと、来栖管理官と顔合わせしたときのほうが緊張した」

「あー、そっちもあったかー。まあ、なんとか上手いことやって――」

木場が言いながら、一階でエレベーターを降りようとしたところで、突然館内にサイレンが鳴った。緊急招集の知らせだ。木場が天を仰いで言う。

「おいおい嘘だろー、こんな時間から招集かよぉ！」

「ぼやくなよ、木場執行官。ほら、戻るぞ」

瀬名は木場の肩を軽く叩いて、またエレベーターへと戻った。


緊急招集の現場には、指示がある場合、タクティカルスーツに着替えてから向かう。今回は危険度が高いらしく、全員着用の指示が出た。アルファ制圧装置その他の特殊機器の使用に備え、防護ヘルメットもかぶらなければならない。

本庁で着替え、そのまま新中央合同庁舎に駆けつけると、建物の前にはすでに装甲車が十台ほど並んでいた。

「瀬名君、こっちだ！」

来栖に呼ばれ、急いで装甲車に向かう。すでにいつもの執行管理チームのメンバーも待機していて、瀬名を乗せるなり現場に向けて出発した。

「現状はどうなっていますか、来栖管理官」

「二チームほど先行して現場に入っている。ゲストは百名ほどで、二割ほどがベータ、残りはアルファとオメガで、三対一くらいだ。どうやら乱交パーティーが高じて、ということらしい。少々お楽しみが過ぎたようだね」

都内某所、ガーデンウエディングなどにも貸し出されているプール付きの豪邸。

そこで開かれていたとある実業家の誕生パーティーで、「多重発情事故」が発生したとの通報で、瀬名たちに緊急招集がかかった。

「多重発情事故」とは、複数のオメガの発情をきっかけに引き起こされた騒乱状態のことで、先日の新宿でのオメガ少年の発情事故の拡大版だ。

オメガの発情フェロモンの計測数値が規定値を超過すれば、通報や令状なしでも強制鎮圧が行われる案件で、複数の執行管理チームが出動するが、規模が大きい場合、特定バース関連事案対策課の捜査員や警官隊も投入される。

アルファとオメガで八十名というのは、かなり人数が多い。

『先行チームより連絡。通常の抑制剤および鎮静剤が効きづらい個体が複数存在している模様。通常アンプルに加え、強化アンプルの使用を推奨するとのことです』

「……！」

現場近くまで来たところで無線から聞こえてきた言葉に、思わず来栖と顔を見合わせる。

もしや事故現場で、違法薬物が使用されていたのではないか。

「間もなく現場に到着だ。全員防護ヘルメットを着用。来栖管理官は、もうここで抗フエロモン薬を打っておいてください」

「了解」

来栖が腕にスタンプ注射を打っている間に、窓の外を確認する。

思ったより野次馬が多い。一応非常線を張ってはあるようだが……。

「いつでも行けるよ、瀬名執行官」

装甲車が止まると、防護ヘルメットのバイザー越しに来栖が告げてきた。

その手には、先日の熊並みのアルファに使用したのと同じ、アクアブルーの薬品が充填された射出銃がある。レモンイエローの、強い抑制剤のアンプルも携帯しているのを確認して、瀬名もヘルメットをかぶり、特殊警棒を手に言った。

「行くぞっ」

装甲車から降り、南国風のレンガ造りの門を抜け、アプローチを進んでいく。

建物に踏み込む前から、オメガの発情フェロモンの匂いに交じってかすかに例の発情薬の甘ったるい匂いが漂ってくる。

「これは……、例の薬の、匂い……？」

来栖にそれとなく言うと、彼がうなずいた。

「だね、間違いない。やはり強化アンプルが必要だ。ただ、人数比を考えるとアルファの鎮静化を優先すべきではないかな」

「賛成です。どこから行きましょうか」

「先行チームは両方館内の対処に回っている。おそらく外が手薄だ。庭に回り込もうか」

「了解です。行くぞ！」

来栖の判断に従い、美しいラグーンに沿って、こうこうと明かりのついた庭のほうへと走る。するとそこにはプールがあり、逃げ惑うオメガ数人を追いかけ回しているアルファの群れがいた。

「制圧！」

瀬名が叫んで、部下たちと共にアルファの群れを分断し、一人ずつ特殊警棒を使って打ち倒す。このアルファたちは興奮剤は使っていないのか、さほど暴れる様子はないが、すかさず来栖が射出銃で鎮静剤を撃ち込み、完全に無力化する。

通常の鎮静剤が効きづらい個体というのは、どこに――。

「ウオオオ！」

「うわぁぁ」

突然建物の庭に面したテラス窓がパンと音を立てて割れ、中から警察官が投げ出されて飛んできた。

割れた窓の向こうには、巨躯のアルファが二人いる。周りから射出銃で鎮静剤を撃ち込まれているが、ビクともしない。

「……あれだな。仕留めてこよう」

来栖が駆け出す。巨躯二人の目の前に立って胸に一発ずつ撃ち込むと、アルファたちは膝から崩れ落ちた。続いて来栖が、よく通る声で周りに訊ねる。

「ほかに、通常の鎮静剤が効かないアルファはっ？」

「二階にもう二人います！」

「案内してくれ！」

来栖が建物へと入っていく。投げ飛ばされた警察官を介抱しに行こうとしたが、どうやら大事ないようだ。瀬名は小さくため息をついて、部下たちに告げた。

「アルファの鎮静化がすんだら、残りのオメガに抑制剤を投与することになる。来栖管理官が戻るまでに、発情してるオメガを一か所に誘導しておこう」

「了解！」

とりあえず、アルファがおとなしくなれば終わりが近い。装甲車も、何台か新たに到着したようだ。館内の様子も見なければわからないが、これならじきに終息するだろう。

「……？」

ふと何者かの視線を感じ、ゆっくりと辺りを見回す。

プールサイドのそこここにへたり込んだ、抑制剤を打たれたオメガ。鎮静剤で気を失って倒れたままのアルファ。途方に暮れた様子で数人ずつ集まっているベータ。

どれも、視線の主ではなさそうだ。瀬名のほうを見ているというよりは、ひっそりこの場の様子をうかがっているような視線を感じるのだが、いったい……。

（……あれは……？）

庭の奥の、照明があまり届かない薄暗い植え込みの陰に、誰かが立ってこちらを見ている。ショートパンツにラッシュガードか何かを着た、とても小柄な人物。

体格からするとオメガの男性だろうか。フードを頭にかぶっているので顔もあまり見えない。パーティーのゲストで、おびえて隠れているのか。

ほかのオメガを誘導しながらそれとなくそちらへ近づくと、謎のオメガの男が手元の携帯電話で庭の様子を撮影していることに気づいた。

プールサイドを離れ、慎重にその男の方へ足を向けると——。

「……っ」

瀬名の接近に気づいたのか、男が慌てて植え込みの向こうへ走り出す。

そんなふうに逃げるのは何か怪しい。瀬名は男を追って駆け出した。

「待て！　止まりなさい！」

呼びかけるが、男は止まらず走り続ける。

植え込みの先は芝生と常緑樹が植えられた裏庭のようになっていて、奥には低いフェンスがある。その向こうは敷地の外だ。どうやら男はそこから逃げようとしているようだ。

だが履いているのがサンダルなので、大してスピードが出ない。瀬名は難なく追いつき、男の肩に手をかけた。

「待つんだ。なぜ逃げる！」

「あっ」

「……っ？」

男の頭からフードを引きはがして、瀬名は息をのんだ。

色白の肌に大きな黒い目。赤い唇。細身の体格も、幼い頃から変わらない。

自分の目が信じられなくて、瀬名は探るように訊ねた。

「……おまえ、成也っ？」

「つ、な、なんで……、あなた、誰っ？」

「あ……、ほら、俺だ。瀬名だよ！」

ヘルメットを外してそう言うと、成也が大きな目をさらに丸くしてこちらを凝視した。

それから懐かしそうに微笑んで、成也が訊いてくる。

「瀬名君……？　瀬名、隼介？」

「ああそうだ！　四年前からずっとおまえのこと捜してた。今までどこにっ……、てい

POLICE

うか、あそこで何してたんだっ？」

急くように問いかけると、成也がまた目を丸くして、それから瀬名の姿を上から下まで眺めて言った。

「瀬名君、警察官になったんだね？　子供の頃からカッコよかったけど、やっぱりきみはすごいや！」

ふふ、と笑って、成也が続ける。

「僕のこと、昔からよく助けてくれてたもんね。今思い出しても子供の頃はつらかったよ。同じオメガなのに、僕はきみと違って弱かったから、いっぱいいじめられてさ」

幼い頃、おとなしかった成也は、よくいじめの標的にされていた。瀬名はそんな成也を気にかけ、いじめっ子と戦ったりもしていた。成也が明るい顔を見せて言う。

「でも、僕も今は幸せだよ。オメガだからってだけでたくさん嫌な目に遭ったけど、僕は運命のアルファと出会ったんだ」

「……運命の、アルファ……？」

「そうだよ。知ってるかな、瀬名君。『運命の番』って、本当にいるんだよ？」

陶酔したみたいな顔でそんなことを言うので、思わずまじまじと顔を見た。

得意げな表情を見せて、成也がさらに続ける。

「今僕はね、愛するアルファのために働いているの。今日もお届け物のお仕事が上手くいったから、きっと褒めてもらえる。彼は僕の王様、まさにキングさ！」

「王、様って……」

「その人のために働くことが、僕の生きる意味なんだ。だからほかのどんなオメガよりも、僕は幸せだよ！」

夢見るような目でこちらを見つめる成也の瞳に、瀬名の姿は映っていない。成也が見ているのは、そのアルファだけみたいだ。

恋の幸福感だけが今の彼のすべてであるかのような、成也の甘い表情。

当惑しながら彼の顔を見ていたら、瀬名は不意に思い至った。

（……キングって、もしかして「キング」のことか……？）

失踪するよりも前に、成也がなついていたというアルファ男性。確か通称「キング」と呼ばれていたと、来栖が言っていた。そして成也の失踪にも、その男が関係していると。

でも、それは本当に「失踪」だったのか。

四年前、成也はメッセージで監禁されていると伝えてきたし、瀬名自身もあんな目に遭ったから、当然その男に何かひどい目に遭わされていたのだろうとばかり思っていた。

だがもしかすると、それは瀬名の思い込みにすぎないのではないか。

監禁というのは何かまた別の話で、成也自身はただその男に心酔して、家にも帰らずにずっと行動を共にしていただけ、ということもあり得る。

(けど、その男は、「運命の輪」の幹部だ)

カルト団体である「運命の輪」は違法な薬物の供給元と目されていて、今夜の「多重発情事故」も、違法薬物の使用によって引き起こされた可能性がある。

もしや成也は、今夜の発情事故に何かかかわっているのでは……?

「成也。おまえの言ってる運命のアルファってのは、もしかして、『キング』のことか？」

「……えっ……」

「今夜あのパーティーで、違法な薬物が使われた疑いがあるんだ。世間にはほとんど出回ってない、強力で体にも悪い薬だ。おまえの言う王様は、それと関係がある『キング』じゃないのか？」

ストレートに問いかけると、成也が明らかな動揺の色を見せた。どうやら当たりのようだ。とすれば、届け物の仕事というのは、薬の運び屋か何かなのか。

「おまえ、いったいあそこで何をやってた？　お届け物って、今夜のこの騒動と関係があるのか？　もしかして、おまえがそれをっ——」

さらに問い詰めようとした、その瞬間。

背後から強い殺気を感じ、とっさに腕で頭をかばって身をひねった。

けれどかわし切れず、角材か何かで殴られてぐらりとよろける。

体勢を整えようとしたが、覆面をした数人の男たちに突き飛ばされて芝生の上に倒され、容赦なく袋叩きにされた。腹を思い切り蹴られてうめくと、成也が呆れたように言った。

「あーあ、瀬名君もやっぱり体はオメガだよねえ。強いって言われてても、こうなっちゃうとベータにも勝てないじゃないか！」

「……成、也……！」

「あ、みんな！　殺しちゃ駄目だからね？　警察関係者を殺すといろいろ面倒だって、『キング』も言ってたし。それに、なんにも証拠なんてないんだから！」

成也が自信を取り戻したみたいに言って、嘲るように続ける。

「まったく、瀬名君は昔から直情バカだよね！　そんなんでどうやってあの『アモル』から生きて戻れたの？」

「な、に……？」

「『ジン』に買われてさんざんいたぶられたって聞いたよ？　せっかく僕のメッセージに騙されてのこのこやってきたんだから、僕も見に行けばよかったなあ。きみがめちゃくちゃに犯されて泣き喚いてるとこ、見ものだっただろうしねえ」

「そ、んなっ……」

四年前のあのとき。成也に助けてほしいとメッセージをもらって、手を尽くしてなんとかあそこにたどり着いた。ああなってしまったせいで成也を助けられず、あれからどうしているのかとずっと心配していたのに、まさかそんな……。

「な、んで？　どうして、俺を騙したりなんかっ……？」

「えー、だって、僕はきみが嫌いだったんだもの」

「……っ……」

「いつも僕を助けてくれる強くてカッコいい瀬名君が、僕は本当に大嫌いだった。きみは僕を助けることで自分は強いって陶酔してたんだろうけど、きみだってオメガだろって、ずっと思い知らせてやりたかったんだ」

心が凍りそうなほど冷たい声音。

信じていたものがガラガラと壊れ落ちる感覚というのは、こういうものなのか。

「あのあと、『ジン』にはリリースされちゃったの？　どうせならあそこでいいご主人様でも見つけて飼ってもらえればよかったよね。オメガはやっぱりさ、アルファに愛してもらうのが一番の幸せだからね」

成也が言って、ひらひらと手を振る。

「じゃあ僕はもう行くね、瀬名君。オメガにはオメガの幸せがあるんだからさ、無理して警察官なんて続けなくてもいいと思うよ？　きみも僕みたいに、運命のアルファのものになれるといいね！」

「……成也、待てっ、待っ……！」

追いかけたかったが、去り際に男たちに蹴り飛ばされて痛みで気が遠くなる。瀬名は何もできぬまま、逃げ去っていく成也の華奢な背中を見送るばかりだった。

それから二時間ほどあとのこと。

「瀬名君、この道であってる？」

「……ああ」

自分を襲った不審な一団について、あの場でほかのチームの特別執行官や来栖に簡単に報告したあと、瀬名は負傷した警察官やパーティーのゲストたちと共に病院で体を診てもらい、タクシーで帰宅の途についていた。

タクティカルスーツを着ていたおかげで怪我は軽い打撲程度だったし、自力で帰れると言ったのだが、家まで送ると言って聞かない来栖がタクシーを呼んだのだ。

（……なんで……、どうしてなんだよ、成也）

なんとか平静を保とうとしていたが、瀬名の気持ちは深く沈んでいる。

成也に言われたことはもちろんだが、彼が悪いアルファに心酔し、犯罪に手を染めているかもしれないことがショックで、受け止め切れない自分がいる。

来栖に話すべきこともたくさんあるのに、頭が会話を拒否していた。

でも、それは心も体もくたくたに疲れてしまっているせいかもしれない。どう考えても今日は、オメガの自分にはハードすぎる一日だった。

今夜は何も考えずベッドに横になって、もう眠ってしまいたい。

「あ……、ここでいいです、止めてください」

一人暮らしのアパートから少し離れた場所でタクシーを止め、もたもたと財布を出そうとしたら、来栖がさっとカードで支払いをしてくれた。

二人を下ろして去っていくタクシーを見送って、瀬名は言った。

「悪い、あとで返す」

「気にしないで。家はどこ？」

「その、向こうだ」

道なりにそのまま少し歩いて、細い路地を曲がると、すぐに外壁が見えてきた。

警備員だった頃から住んでいる、安普請の二階建てアパート。

独身者向けの1Kだ。築年数は知らないが、外壁のペンキがところどころはげていて、外階段は上るだけでぎしぎしときしむ。普段だったら、洒落たマンションをセカンドハウスにしている来栖のような人間を連れてこようとは思わない。

でもう、そんなことを取り繕う余裕もないほどくたびれ果てている。

「……瀬名君、寝る前に痛み止めを飲んだほうがいいんじゃないか？」

帰るなり手洗いもそこそこにベッドに直行し、下着だけになってぐったりと倒れ込んだ瀬名に、来栖が言う。

「何か少し胃に入れてからのほうがいいと思うけど……、食欲は？」

「……ない。元々、夜はあまり食えないんだ」

「この前もそう言ってたね。それは体質？　それとも疲れててそんな気になれないせい？」

「両方かな。食う時間があったら寝ておきたいんだよ。何しろ毎日激務だしな」

同じ激務でも、アルファやベータならここまで疲労しないのに。

そんな弱音は絶対に口にはしないが、どうしても埋められないハンデはある。それはどうしようもないことだ。瀬名は横たわったまま言った。

「来栖さん、送ってくれてありがと。話したいことたくさんあるけど、今日はもう……」

「ああ、乾麺があるね？」

「へ？」

「カットわかめと乾燥ねぎもある。お麩と干ししいたけも！　ということは、もしかして麺つゆもあるかな？」

「……？　なんの話だ……？」

重い頭をもたげて狭い台所のほうを見ると、来栖が床にしゃがんで、放置してあった段ボール箱から何か取り出していた。

少し前に実家の親が、一人暮らしの瀬名を気遣っていろいろと送ってくれた差し入れだが、忙しさにかまけて大して中身を改めぬまま放ってあったのだ。

「お、あった！　この箱に食料品を詰めた人とは、気が合いそうだな」

来栖が楽しげに言って、こちらに声をかける。

「そこで待っててくれ、瀬名君。うどんを作ってあげるよ」


（……いい、匂い）

疲れ切っていたから、うどんができるまで起きていられる気がしなかった。

でも台所から温まった麺つゆの匂いがぷんと漂ってくると、自分がとても空腹であることに気づいた。

誰かに食事を作ってもらうのなんて、何年ぶりだろう。もしかして、社会人になってからは初めてじゃないか……？

「お待たせ、瀬名君。ああ、そのままで！　ベッドまで運ぶから」

起き上がって台所に行こうとしたら、来栖がうどんを盆にのせて持ってきた。

わかめと、ねぎと、麩と、しいたけ。

実家では定番の具材だ。カマボコかナルトくらいは自分で買いなさい、とかなんとか、電話でそんなことを言われた記憶がある。

とても温かくて美味しそうなうどん。どうしてだか、泣きそうな気分になる。

「……あんた、こういうこともできるんだな」

「料理のこと？　うん、実を言うとそうなんだ。ほら、巡ってきたチャンスは生かさないと！　きみの胃袋をつかむまたとない機会だからね！」

冗談めかしてそんなことを言うから、泣き笑いしそうになった。

セックスのときに限らず、瀬名が今一番欲しいものを、来栖はわかっているみたいだ。

これも狙ってやっているとしたら、やはり来栖には敵いそうにない。

瀬名は箸を取り上げて言った。

「……いただき、ます」

「どうぞ召し上がれ」

来栖が屈託なく微笑む。なんとなく気恥ずかしい気持ちになりながら、瀬名はうどんをすすった。

（……あ、美味い）

軟らかめに茹でた麺に、さっぱりとしたつゆ。麩としいたけにもじんわりしみて、噛むと滋味が広がる。これならいくらでも食べられそうだ。

「……美味いよ、来栖さん」

「よかった。疲れてても、こういうものはスルスル入るでしょう？」

「それ親も言ってた。あの箱、実家からの差し入れなんだ」

「そうかなって思ってた。ご実家、遠いんだっけ？」

「いや、電車で一時間半くらい。いつでも帰れる距離だけど、最近はあんまり……」

首都圏近郊の地方都市。田舎とまでは言わないが、東京よりも少しだけ保守的な土地柄で、オメガの多くは若いうちに結婚して家庭に入る。

同じ公立の学校から東京に出たオメガは、もしかしたら瀬名と成也だけかもしれない。

「……成也が、いたんだ」

うどんをあっという間に平らげてしまうと、少しばかり気力を取り戻したので、瀬名は思い切って来栖に告げた。

「あのパーティー会場の隅っこにいて、鎮圧の様子を撮影してた」

「それは……、確かに、彼だったのか？」

「間違いないよ。それで追いかけたら、さっき言った連中にフクロにされて……。成也は、あいつらの仲間みたいだった」

瀬名は言って、苦い思いを抱きながら続けた。

「四年前のことも言ってた。俺、どうもあのとき、成也にはめられたらしいんだ」

助けてほしいというメッセージは、瀬名を騙して誘い出すためのものだったこと。

瀬名が嫌いだったと言われたこと。

思い出すと心が痛かったが、成也と話したことを、瀬名は来栖に伝えた。

アルファの男に心酔していて、男のために働いていることや、男が例のカルト団体「運命の輪」の、「キング」と呼ばれている幹部であるらしいこと。

今夜の多重発情事故で使われていた違法薬物は、成也が持ち込んだかもしれないこと。

そのあたりは瀬名の推測だが、おそらく間違ってはいないだろう。来栖がうどんの盆を台所に戻し、代わりに痛み止めを飲むための水を持ってきて、思案げに言う。

「そうか。『ラビット』は『キング』のペットだったからね。今はそんな関係になっていても、おかしくはないいな」

「……『ラビット』？　ペットって？」

「成也君はいっときそう呼ばれていたんだ。ペットっていうのは、あのクラブでの関係性だよ。簡単に言えば主人と下僕の関係だ。アルファがオメガをペットとして連れてきて、『愛の供物』としてほかのゲストに貸し出したりする」

「そんなことを……？」

「もっとも、『キング』はいつも一番奥のＶＩＰルームから出なかったし、『ラビット』をフロアに出すこともほとんどなかった。出したとしてもほかのＶＩＰとの間の伝令役にするときくらいだったけど、そのうち連れてもこなくなって、やがて現実の彼も行方知れずになった。その後は、きみも知るとおりさ」

来栖が言って、すまなそうに続ける。

「こういう話はもっと早くにすべきだったかな。でもとてもセンシティブな話だし、きみに話すタイミングがわからなくて。いずれにしても、成也君が生きていてくれてよかったよ。死んでいたら元も子もないからね」

それは確かに来栖の言うとおりだ。でも、あれを「よかった」と言っていいのか。

「……『運命の番』だ、って」

「え……？」

「あいつ、そう言ったんだ、『キング』のこと。そいつのために働くことが自分の生きる意味で、どんなオメガよりも幸せだって。『運命の番』って、そんなもんなのかよ？」

正直なところ、そこが一番引っかかっていた。

アルファに隷属し、手足のように働くことがオメガの幸せで、「運命の番」が本質的にそういう関係なのだとしたら、瀬名には受け入れられない。

疑念を向けるように来栖を凝視すると、彼がいつもの穏やかな口調で言った。

「成也君は『キング』に心酔するあまり、善悪を考えず言われるままに動いているのかもしれない。アルファがオメガに過去の友人関係を断たせて支配しようとすることも、ままあることだ。それは『運命』ではなく一種の洗脳だよ。別物だと考えていい」

「けど、あいつが運命だって言ってるならそうなんじゃないのか。あんたの言う『運命』と、どう違うっていうんだ？」

あまりそうしたくはなかったが、思わず攻撃的な問いを投げかける。

すると来栖が、穏やかな笑みを見せて言った。

「その違いはとても簡単に教えられるよ。ちょうどいい。きみに体でわからせてあげよう」

「え……、ちょっ？　何をっ？」

来栖がいきなりすっとこちらに身を寄せ、体をベッドに押し倒してきたから、慌てて抵抗を試みる。

だが来栖はそれを軽くいなして、瀬名の体を横向きに寝かせ、背後に滑り込んでぴったりと体をつけて寝そべった。そうしてそのまま、瀬名の体を包むみたいに抱いてくる。

彼の匂いが、瀬名の体にまとわりついてくる。

「あの、来栖さん？　何を、やって……」

「静かに。黙って僕を感じてごらん」

「あんたを、感じる……？」

体でわからせる、なんて言うから、どういうつもりなのかとぎょっとしたけれど、来栖はそれきり何も言わず、ただ瀬名を背後から優しく抱いている。

彼を感じろとは、いったい……？

（……？）

甘くうっとりするような彼の匂い。背中を包む体温。

呼吸は深く静かで、伝わる心拍も緩やかだ。

優しいぬくもりと、心からの気遣い。

黙って横たわっているだけなのに、彼の全身からそれが伝わってくる。

この間手の傷を治療してもらったときに感じた、切なく震えるみたいな気持ちを思い出して、瀬名は小さくあえいだ。

否応なしに瀬名を魅了する、来栖という男の大きな存在感。このアルファと離れたくないという、焦がれるような想い。

改めて教えられるまでもない。この体はとっくに知っているのだ。来栖が自分にとって特別なアルファであるということは。

でも、オメガは長らくアルファに隷属するように生きてきた。「運命の番」がアルファによるオメガの支配と同じならば、やはり受け入れることは――。

「傷の痛みはどう、瀬名君？」

「え」

「こうしていると、和らいでこないか？　体だけじゃない、成也君の仕打ちで受けた、ここの痛みもだ」

「……っ」

来栖がそっと胸に手を当ててきたから、目が潤みそうになった。体で感じる温かさそのものの来栖の声にも、心を優しく撫でられたみたいで、それだけで泣きそうになる。

彼の言うとおりだ。こうやって身を寄せ合って横たわっているだけで弱った心と体がほっと和らいで、傷の痛みも薄らいでいくのがわかる。かたくなな感情もゆるりと緩み、心をほぐされていくようだ。来栖が傍にいるだけで、心や体の痛みが確かに癒やされる。

こんなことって……。

「……その昔、人類はアルファ、ベータ、オメガという、男女を超えたもう一つの性別に分かたれた。そしてその中のアルファとオメガは、番の関係になれる。『運命の番』というのは、二人のバース遺伝子のデザイン設計が、染色体レベルで近い者同士なのではないかと、最近の研究ではそういわれている」

ゆっくりと語りかけるように、来栖が言う。

「つまり、互いにとても近しい存在だということだ。でもそれは決して、一方が他方を支配するような関係じゃない。互いを慈しみ、補完し合える間柄。それが『運命の番』だと、僕は理解しているよ」

「互いを慈しみ、補完し合える、間柄……」

「そう。きみと初めて出会ったとき、僕も心に深い傷を負っていて、激しい痛みにあえいでいた。その傷は今でも癒えたわけではないけれど、あの瞬間、きみが僕の痛みを和らげてくれる存在だと気づいた。だから僕は、とてもきみに惹きつけられて……」

来栖が言いよどみ、それから秘密を告白するみたいに言った。

「信じてもらえないかもしれないけど、僕はあのとき、きみに恋をしたんだ。暗闇の中にポツリと火がともるような、そんな恋をね」

「……！」

「それはただ、バース遺伝子が近い者に自然と惹かれただけかもしれない。でも、四年を経てきみと再会できた僕には、『運命』を疑う理由なんてない。僕はあれからずっと、小さな恋の火を大切に守って、きみを想い続けてきたんだからね」

（……ずっと、俺を……？）

甘く切なげな声で、来栖がそんなふうに言うものだから、知らず胸がキュンとなった。

再会できるかどうかなんてわからないのに、ずっと想い続けていたなんて。

「……俺、そんなごたいそうな人間じゃないぜ？　あんたみたいに気がきかないし、負けん気ばっかり強いし、なのに幼なじみの気持ちも、ちゃんとわかってなかったし……」

来栖は洗脳だと言ったが、成也の中に瀬名へのマイナスの感情がまったくなかったなら、あんなふうには言わないだろう。己の振る舞いや考え方をほんの少しも顧みてこなかった自分が、なんだか情けなくなってくる。

「あんたみたいな完璧そうなアルファでも、心に傷を負ったりするんだなって。そんなことだって、今までろくに考えてみもしなかったよ」

「それは仕方ないよ。常に完璧そうに見せるのがアルファという生き物だからね。アルファは皆、弱さを見せないよう外面を取り繕うのが上手いだけなのさ」

そう言って来栖が、自嘲気味に笑ったので、瀬名はあっと声を上げそうになった。

それは、ほかならぬ瀬名自身だ。アルファやベータの集団の中で、弱みを見せまいと必死で強がって生きてきた、オメガの自分そのものだ。

鏡でも見せられたみたいな気分で、半ば唖然としながら肩越しに振り返ると、来栖が不思議そうな顔でこちらを見た。

アルファの来栖もオメガの自分も、人として何も変わらない。自分はバース性の差を否定しようとして、逆に過度に囚われていたのかもしれないと、そう気づかされる。

（バース性なんて、関係ないんだ。だったら「運命」だって、そうなんじゃないか？）

目の前の男の顔を、曇りのない目でただ見つめてみる。

柔らかそうな豊かな金髪と、吸い込まれそうな青い瞳。

彼は優しく紳士的で、いつも瀬名を気遣い、大事に思ってくれる。仕事のパートナーとしても最高で、揺るぎない信念を持って職務を遂行する、とても魅力的な男性だ。

そんな極上の男に好かれているのに、自分は「運命」という言葉ゆえに抗い、意地を張っていた。心でも体でも彼が特別な存在だと気づいていながら、その想いを受け止めようとしてこなかったのだ。

でも、もしもそれを受け止めたなら。

今、心と体とが確かに感じているぬくもりと安らぎを、もっと素直に感じられたら。

等身大の来栖と、自分は向き合えるのだろうか。そうして彼と、恋を……？

「……瀬名君？」

「っ！」

「大丈夫？　いきなり顔が、真っ赤になったよ？」

そう言う来栖の顔には、意味ありげな笑みが浮かんでいる。こんなにも間近で向き合っているのだから、こちらの揺れ動く気持ちなど見透かしているのかもしれない。

でも、来栖はそれを告げたりはしない。瀬名の気持ちを無視して想いを押しつけたり、動揺させて望む答えを求めたりもしない。彼はいつも、ただ静かに辛抱強く、瀬名の心がほどけるのを待っているのだ。暁闇の中、じっと夜明けを待つように。

来栖はポジティブなわけでも、自信家なわけでもなかった。ひたすら一途で、どこまでもけなげな男だというだけだ。そんな男を、どうしてこれ以上拒んだりできるだろう。

苦し紛れに顔を背けて、瀬名は言った。

「……本当にあんたは、どんだけいじらしいんだよっ」

「えっ。そんなこと初めて言われたな。僕が、いじらしい？」

「そうだろっ、だってこんなっ……、なんか、思ってたのと、違うっていうかっ……」

「それってがっかりさせたってこと？」

「や、そうじゃ、なくてっ」

がっかりなんてそんなわけがない。むしろ真逆だが、どう言ったらいいのか悩ましい。

強引にこられれば突っぱねることはたやすいのに、こんなふうに真綿で包むみたいに愛されたらほだされずにはいられない。だからやっぱり彼には敵わないと思うけれど、これは負けではないというのもちゃんとわかっている。

そういうことを口に出そうにも上手くできず、ただ心拍ばかりが速くなって、やがて泣きそうなほど気が昂ってきた。まるで発情したときみたいに。

（俺、もうとっくに来栖さんに、恋してるんじゃないか！）

もはや否定しようのない、甘く切ない気持ち。

初めて抱いた感情がドッと胸に溢れて、心臓が破裂しそうだ。体を抱く来栖の腕の力強さ、彼の匂いに心ときめいて、体が熱くなってくる。

ためらいながらも目線を戻すと、彼の真っ直ぐな青い目に囚われた。

切なげな表情と、何か言いたげな、けれどそれをこらえて結ばれた口唇。

来栖が何を求めているのか、もうそれだけでわかる。そしてそれは、自分も同じだ。

どちらからともなくゆっくりと顔が近づき、柔らかい口唇が重なり合う。

「……っ、ん……」

彼の甘い匂いと、瀬名より少し高い体温。

触れ合うだけの口づけなのに、体の芯がふるりと震える。傷の痛みも心の痛みもどこか隅のほうに押しやられ、ただもっと彼を味わいたいという思いだけが募ってくる。

来栖が欲しい。たまらなく欲しい。発情もしていないのに、体が彼を求めているのを感じる。キスをしているだけで体がジワリと潤んで、後ろもとろりと濡れてきた。瀬名自身も頭をもたげ、ジンジンと欲望を主張し始める。

こんなことは初めてで戸惑いを覚えるけれど、体がというよりは、気持ちが彼を求めているような気もする。好きな相手と触れ合いたい、つながって体で感じ合いたいという、人として根源的な望みだ。このまま抱き合えば、今度こそ間違いなくわかるだろう。

彼へのこの気持ちが「本物」なのかどうかも。

（……確かめたい。彼と抱き合って、見定めたい）

心の底からそう思うけれど、発情しているわけでもないのに、抱いてほしいなんて言えない。キスでつながった口唇はどこまでも甘く蕩けそうなのに、心の内を紡ぎ出すことができない。

じれったく思いながらも、どうすることもできぬまま、おずおずとキスをほどく。

すると来栖が、小さくため息を洩らして言った。

「ああ、どうしよう。こんなの、初めてだ」

「……？　何、どうかした？」

「うん……、きみは怪我をしているし、心も深く傷ついているというのに、僕は今、とてもまずい状況になってしまっているんだ」

「まずい、状況って？」

何事かと思い問いかけると、来栖が瀬名の腰にぐっと下腹部を押し当ててきた。

そこが硬く雄々しく形を変えているのがわかって、思わず目を見張る。

「……ちょ……、あんた、なんでいきなりこんなになってるんだっ？」

「驚くよね。きみとキスしただけで、僕は理性で己を律することができなくなってしまった。こらえ切れずにこんなふうになるなんて、アルファとしてちょっとどうかと思うよ」

恥じ入るみたいな顔をして、来栖がそんなことを言う。

つまり来栖も、瀬名が欲しいのに我慢しようとしている……？

（……何やってんだ、俺たちっ？）

運命がどうとかバース性がどうだとか以前に、お互い健康ないい大人だ。身も心も求め合っていることはもうわかっているのに、ここまできていったい何を我慢することがあるのだろう。瀬名は体ごと来栖を振り返り、探るように訊いた。

「なあ、来栖さん？　あんた、俺がどうしてほしいのか、わかるって言ったよな？」

「……うん。そう、言ったね」

「だったらさ。別にもう、こらえなくてもいいんじゃないか？　だって俺今、ものすごく、あんたのこと……」

「ああ、それは感じている。きみが何を求めているかはね。でも……」

「でもはいらないよ、来栖さん。俺は今発情してない。だけどあんたが欲しい。あんただってそうだろう。抱き合うのに、ほかにどんな理由がいる？」

運命かどうかは、もはや結果論だ。頭で意味を考えるより、自分の実感を大切にしたい。言葉でなく、体で理解したい。

そんなことを思いながら来栖を見つめると、彼がどこか儚げな笑みを見せた。

「本当にきみは、潔い人だね。僕はきみに、救われたのかもしれないな」

「……？」

それがどういう意味なのか、瀬名にはわからなかった。

でも来栖の顔には、どこか狂おしげな表情が浮かぶ。

「きみだけなんだ、瀬名君。僕はきみだけが欲しいんだっ」

「来栖、さ、ンん……」

情熱的なキスで口唇を塞がれ、頭がぼっと熱くなる。

花の蜜の匂いと甘い味。発情していなくても、それだけでくらくらする。

欲情で弾んだ来栖の息の熱さ。シャツをまくり上げて肌をまさぐる指先の、吸いつくみたいな感触。求めていたものはこれなのだと全身で感じて、知らず腰が揺れる。

来栖が急くみたいに瀬名のボクサーパンツに手をかけ、はぎ取って足から抜き取ったので、瀬名はお返しに来栖のズボンの前を開き、下着をずらして彼のものを表に出した。

「つ……」

手の中に感じる、肉の凶器みたいなアルファ生殖器。

屹立したグロテスクな形状におののきを感じる。

けれどこれは、来栖の想いのたけだ。発情フェロモンのせいではなく、瀬名への想いだけで、来栖のここはこういうふうになっているのだ。

早くこれが欲しい。自分の中に入ってきてほしい。

それを伝えるように、手で彼の幹を扱きながら、瀬名は息を乱して来栖の口唇に吸いついた。来栖が瀬名の舌を甘くしゃぶりながら、応えるみたいに双丘を撫で、狭間に指を這わせてくる。

「ぁ、はっ、ん、うっ」

指の腹で窄まりをなぞられ、ぬらりと挿入されたら、そこがもう柔らかくほころんでいるのがわかった。二本、三本と指の数を増やされ、中をかき回されると、くちゅくちゅと淫靡な水音が立つ。来栖を求めてとろとろに濡れそぼった瀬名の体。もう一秒だって待てないほどに、腹の底がぐらぐら沸騰してくる。

「く、るすさっ、も、もうっ」

雄をつないでほしくて、片方の足を上げて来栖の腰に巻きつけると、後孔から指が引き抜かれ、代わりに硬い切っ先があてがわれた。瀬名の目を熱っぽく見つめたまま、来栖が足を交差させて下腹部を寄せ、ぐぷぐぷと己を中に沈めてくる。

「ぁ、あっ、ううっ、ふっ……！」

大きく張り詰めた来栖の肉杭。

少し無理な体勢だからか、肉襞が引きつってかすかな痛みが走る。

でも来栖を受け入れる悦びは今までにないくらい大きく、瀬名の切っ先からはたらたらと嬉し涙が溢れてくる。媚肉もきゅうきゅうと彼に絡みついて、奥へ奥へといざなうようだ。

ウッと小さくうなって、来栖が言う。

「こんなにも、きみが僕を求めてくれてる。それだけですごく嬉しいよ」

「来栖、さ、んっ」

「でも、ごめんね、瀬名君。ずっとこうしたかったから、もう我慢できない。きみを苦しめたくは、ないんだけど……！」

「ん、あっ！　ああっ、あああっ……！」

来栖が上体を起こし、足を交差させたままこらえ切れぬ様子で腰を揺すり始めたから、悲鳴みたいな声が洩れた。まだなじみ切らない瀬名の後ろを、来栖が激しく行き来する。

これまでの二度の交合でも、同じように彼を受け入れてきたはずなのに、体が受ける衝撃は今までよりもすさまじい。中はたっぷりと潤んでいるから痛みなどはないものの、突き上げられるたび体がシーツを滑り上っていく。

来栖の表情にもなんだか余裕がなく、息も荒々しく乱れ、体も汗ばんでいくようだ。

こんな来栖は初めて見る。瀬名は発情していないから、フェロモンで昂らされているというわけではない。なのにどうしてこんなにも、来栖はセックスにのめり込んで……？

（……逆、なのか？　むしろ俺が、発情してないから……？）

発情フェロモンに煽られるのではなく、自然に求め合い、心を通わせ合おうとするような交わり。運命もバース性も超えた、ただ人同士が惹かれ合ってするセックス。

来栖が求めていたのは、そういう交合だったのだろうか。バース性の生殖に直結した、ただ欲望を遂げるためのそれではなく、人が想いを伝え合う、愛の行為のような……？

「は、ぁっ！　あ、ううっ」

瀬名の深い部分まで届いて律動する来栖自身から、彼の想いが伝わってくる気がしたから、心が甘くしびれた。

来栖の熱杭は彼の生命力そのものみたいに力強く、瀬名を内から愛撫してくるかのようだ。彼の動きに合わせ、その形を味わうように腰を揺すると、内壁が歓喜したみたいにジンジンと熱くなってきた。

発情していなくても、いや、していないからこそ、来栖の昂りは瀬名に彼の確かな想いを伝え、悦びを与えてくる。快楽の泉を擦られ、奥の感じる場所までぐぷぐぷと貫かれると、強い快感が背筋を駆け抜け、身震いしそうになった。

「あ、ぁっ、来栖、さっ、すご、いっ」

「瀬名、君っ」

「腹の奥まであんたで、溢れてくっ。あんたでいっぱいに、なってて っ……」

「瀬名君、瀬名君っ」

瀬名が快感に身悶えれば来栖の息も乱れ、絡まり合ってさらに熱く結ばれていく。互いの境界がなくなっていくような感覚に、恍惚となってくる。

(セックスって、こんなに、気持ちいいんだ……!)

絶頂だけなら何度も極めさせられた。

でもこんな感覚は初めてだ。想いを寄せ合い、互いを欲して抱き合えば、発情などしていなくても深い悦びに身を任せられる。溶け合って一つになれる。

それをまざまざと体で感じて、目が潤みそうになる。来栖がキュッと眉根を寄せてあえぐみたいに言う。

「瀬名君も、すごいよ。きみが僕に吸いついて離れない……、そんなふうにされたら、僕も、長くはっ……!」

「ひっ、うっ! ああっ、あああっ」

来栖が交差した足の位置を変え、正常位で最奥まで突き上げ始めたから、頂の気配が一気に押し寄せてきた。

終わりへと上り詰めていくのにも、発情は必要ない。来栖と瀬名は今この瞬間、アルファでもオメガでもなく、ただの生身の人間同士なのだと感じて、欲しかった答えを与えられたみたいな気分だ。

（運命だからじゃ、ない……、来栖さんだから、俺は……！）

たぶん、もうそんな理屈すらもいらないのだ。ただ来栖とつながって、悦びの淵をたゆたっていたい。彼と上り詰めたい。

来栖に恋をしているから。彼と悦びを分かち合いたいから。

「……ぁ、ああっ！　来栖、さんっ、俺もうっ、達、きそっ！」

「いいよっ、達ってくれ」

「やっ、一緒が、いいんだっ！」

両手を伸ばして来栖の首に巻きつけて、瀬名は言った。

「あんたが達くの、体で感じたい。だから、一緒にっ……！」

瀬名の言葉の意味が伝わったのか、来栖が目を見張る。

四年前の最初のときは、気を失ったからわからなかったが、彼が瀬名の中で達した様子はなかった。

二度目のときも、最後の瞬間に彼は瀬名から身を離し、バスルームの床に己を放った。アルファ特有の大量の白濁が無為に吐き捨てられるのを、瀬名は達きすぎてしびれた頭でぼんやりと眺めていたのだ。こんな言い方はあまり好みではないのだが、まるでオメガの本能が、それを求めてでもいたかのような気分で。

「あんたのが、欲しいんだよっ、出してくれ、俺の、中にっ……」

淫猥な願いを告げると、来栖がキュッと眉根を寄せ、瀬名の口を塞ぐみたいに口唇を合わせて、抽挿のスピードを上げてきた。

その目は苦しげに閉じられているが、吐息も動きも大きく激しくなっていく。

やがて瀬名の内奥がひくひくと震え、絶頂の大波がどうっと押し寄せてきて——。

「っ、ぁ、んんっ、ン……」

きゅう、きゅう、と内腔が収縮し、瀬名の切っ先がとろとろと白蜜をこぼす。

頂は高く長く、達したまま体が硬直して息が止まりそうだ。

己をきつく締めつけられたせいだろう、来栖がああ、と悩ましげにあえいで、ズン、ズンと大きく二度、瀬名の最奥を突き上げた。

そうして三度目に、瀬名の中に亀頭球まで男根を沈めて、ぶるりと身を震わせた。

「は、あっ！　来栖、さっ、あぁ、あっ……」

腹の奥にざあ、ざあ、としたたかに白濁液を浴びせられ、啼きの入った声を上げた。

信じられないほど熱くてどろりと重い、来栖のアルファ精液。腹が膨らみそうなほどの量の多さに、ガクガクと腰が揺れる。亀頭球で封じられた結合部からもいくらかにじみ出てきたのか、尾てい骨の辺りが温かく濡れたのがわかった。

「あ、あ、すご、いっ、熱いのっ、いっぱい、出て……！」

アルファと「番う」というのはこういうことなのだと、身をもって理解する。旺盛で圧倒的なアルファの生命力に覆い尽くされ、身も心も塗り込められてしまいそうだ。体内保護具をつけておらず、発情している状態であれば、この一度の射精だけですぐにでも孕まされていたのではないか。

ヒヤリとするような恐れに、自分はオメガなのだと知らしめられる。

でも、そう感じても少しも不快ではなかった。来栖と抱き合う喜びだけが溢れて、もっと深くまでつながりたい、彼と一つになりたいという気持ちが湧き上がってくる。

どうやらそれが、瀬名が見定めた答えのようだ。腹の奥にとめどなく白濁を吐き出し続ける来栖の首にきつくしがみつきながら、瀬名は知らず笑みをこぼしていた。

「……ん……？」

かすかな声が届いた気がして、瀬名は目を覚ました。

常夜灯の明かりだけがついた、しんと静かなアパートの部屋。ぽたりと水が滴っている音は、台所の蛇口から聞こえているのだろう。

いつもの部屋のいつもの真夜中。でも、瀬名の心はいつになく温かい。狭いベッドの上で寄り添って眠る来栖の体温を、背中に確かに感じているからだ。

（……こういうことに、なるなんてな）

瀬名に恋して、「運命の番」だと言ってくれる来栖に、こちらもいつの間にか想いを抱いていた。そのことに自分でも驚くが、甘く抱き合い、こうして傍にいるだけで、とても幸福な気分になる。

でも、何しろ恋愛にうといものだから、これからどうなるのだろうとぐるぐる考えるのも止まらない。来栖に気持ちを伝えて、彼と付き合うのか。それともそれを飛び越えて、番になってしまうのか。そうだとして、本当にそれでいいのか。さすがに安易すぎやしないか。

バカバカしいほどあれこれ考え、せっかく自覚した想いを疑おうとする自分にも、なんだか新鮮な驚きを感じる。来栖には潔いなんて言われたし、抱き合ったことも後悔していないけれど、そうは言ってもやはりどこかで、恋することを恐れているのだろうか。

『……イ……、レイ……』

「……？」

『行かないで……、僕といてくれ《ステイ・ウィズ・ミー》、レイ……！』

悲痛な英語に驚いて、慌てて来栖を振り返る。あまりにもはっきりとした声なので、意識があるのだろうと思ったが、来栖の目は閉じている。どうやら寝言だったみたいだ。

（レイ、って、確かあのときも言ってたな……？）

来栖が英語を話すのを聞いたのは、例のクラブから助け出されたあとの車の中で、彼が誰かと通話していたときだけだ。あのとき彼が何を話していたのかよくわからなかったし、そもそも瀬名は英語が得意ではない。

でもレイという名前を、来栖が口にしていたのは覚えている。

そして来栖が今、その人物に関する哀しい夢を見ていることも間違いなさそうだ。呼吸はわずかに揺れ、眉間にはしわが寄っていて、見ていると妙に切なくなってくる。

こういうときはどうしたらいいんだろう。起こして夢から覚ましてやったほうがいいのだろうか。

『きみと初めて出会ったとき、僕も心に深い傷を負っていて、激しい痛みにあえいでいた』

さっき、来栖がそう言っていたのをふと思い出す。

夢に見ているその人は、来栖を置いてどこかへ去ってしまったのだろうか。

ひょっとしたら来栖は、そのせいで心傷ついて、痛みを感じていたとか。

来栖とその人とは、いったいどういう間柄だったのだろう。

もしかして、恋人だったとか……？

「……っ」

チク、と胸にとげが刺さったみたいな感覚にドキリとした。

頭が熱いような寒いような、妙な感じもしてきて、なんだかいてもたってもいられない。来栖を揺さぶり起こして、今すぐこっちに戻ってこいと叫びたくなる。

こんな気持ちは初めてだが、これがなんなのかわからないほど子供ではなかった。

認めるのは悔しいが、どう考えてもこれは、嫉妬心とかいうやつだ。

そんな自覚はなかったのに、寝言ごときで勝手にいろいろ想像して、挙句に妬いたりなどしてしまうほど、来栖に気持ちを持っていかれていた。

改めてそう気づいて頭を抱えそうになる。その気になんてなるわけがないと、あんなにも揺るぎなく信じていたくせに。

(来栖さんのこと、もっと知りたいんだ、俺)

今目の前にいる来栖のことは、人柄も仕事ぶりももちろんよく知っている。彼から与えられる温かさも安らぎも、間違いなく本物だと感じるが、過去のことはあまり知らない。

それは当たり前のことなのかもしれないが、いざ好きになってしまうと、自分の知らない部分があることが何かもどかしい感じもする。

彼のことはなんでも知りたい、なんて貪欲なことまで思って、じれったい気持ちになってしまう。恋をすると、人はこんなふうになるのか……。

「つ！」

常夜灯の薄明かりの下、夢見る来栖の顔を穴が開くほど見ていたら、突然枕元に置いてあった来栖の携帯のバイブレーションが鳴ったから、危うく叫びそうになった。あわあわしながらも寝たふりをすると、来栖が目を覚まして携帯を手に取った気配があった。やがて彼が小さく息をのんだのがわかったので、探るように目を開く。

何かに驚いたみたいな顔をして、来栖は携帯を見ていた。

「……ああ、すまない、瀬名君。起こしてしまったか？」

「い、いや、まあ……、どうか、したのか？」

誤魔化すように訊ねると、来栖が携帯の画面をこちらに向けた。

携帯の液晶画面に浮かび上がる、蛇と林檎でできたハート形のアイコン。

例のクラブのマークだ。

「……これってっ……」

「新しいクラブの、電子会員証だ。内偵のときに使っていた携帯端末から転送されてきた。実はこの間、ふと思い立って古いログインページにアクセスしてみたんだよ。僕の『ジン』としてのIDは、どうやらまだ生きていたみたいだね」

来栖が言って、目を丸くしている瀬名にさらに告げる。

「一千万ほど会費を上乗せすれば、またVIP待遇で店に入れるだろう。どうかな瀬名君。今度は僕と一緒に潜入してみるかい？」

来栖が「ジン」として何度かやりとりしてみた結果、新しくできた「アモル」の所在地は東京ではなく、北関東の山中にある広大な私有地の中らしいとわかった。

建物は二つあり、片方は個人宅、もう片方は、登記簿上はとある会社の所有となっていたが、どうやらペーパーカンパニーのようで実態は不明。「運命の輪」との関係もわからなかったけれど、どちらも、前所有者が数年前に政界を引退した大物政治家で、来栖によれば、「運命の輪」に資金を提供している支援者と目されている人物だという。

クラブの運営に「運命の輪」がかかわっているのは、ほぼ間違いないだろう。

「もうすぐ着きそうだね、『シュン』」

「っ！」

「なかなか悪くない響きだな、きみをそう呼ぶのは。きみは僕のものだって本気で思えて、ゾクゾクしてくるよ」

「そっ、ういうことを、言うなっ」

新生「アモル」へと向かうリムジン。

革張りの座席に腰かけている来栖は、銀の長い髪に目元を覆う金色の仮面をつけ、フロックコートを着て革の手袋をしている。あのときの「ジン」と同じような姿だ。向き合って座る瀬名もタキシードを着せられ、そろいのデザインの金の仮面をつけている。

来栖の革手袋の手にはクラシカルなチェーンで作られたリードが握られ、その先はチョーカーの上から瀬名の首に巻かれた、黒革と金属でできた首輪へとつながっていた。目の前の男は来栖だとわかっていても、この状態で話しかけられると、瀬名の胸に何やら収まりの悪い感情が浮かんでくる。

ＶＩＰルームで拘束され、下卑た視線を浴びながら犯された恥辱と、この身に与えられた凄絶なまでの快感。忘れたいおぞましい記憶のはずなのに、「ジン」を前にしてあのときのことを思い出すと、どうしてかかすかなときめきを感じてしまうのだ。

意識の底に「運命」を刻まれた瞬間とやらを思い出すからだろうか。

「首、苦しくないかい？」

「平気、だ」

「体の拘束具はどう？」

「もう、慣れてきた」

瀬名のシャツの下には、首輪と同じ黒革のベルトと金属の金具で作られた拘束具がほどこされていて、少し動くだけで皮膚に食い込む。胸にはクリップのようなもので乳首に固定する飾りがつけられ、股間には取り外すのに鍵を使わなければならない、貞操帯とかいうものまでつけられており、恥ずかしいことこの上ない。

だがどれも潜入するためには必要な扮装だと来栖に言われ、仕方なくつけることを受け入れた。何せ「シュン」は「ジン」のペットなのだから、それらしくしなければならない。

「ごめんね、瀬名君。慣れないものを体につけたし、やっぱり緊張しているよね？」

来栖が気遣わしげな声で言う。

「でも、向こうのテリトリーに入ったら、僕は『ジン』できみは『シュン』だ。あらゆる言動が監視されているから、僕の言うこと、することは全部受け入れて、従ってもらわなければならない。発言一つで命が危うくなるかもしれないからね」

「わかってるよ」

「想定しうる限りの状況はシミュレートしたが、それでも不測の事態は起こる。もちろん、きみの安全は第一に考えるつもりだが……」

「わかってるって、来栖さん。……いや、『ジン』。俺はあんたを信じてる。せいぜい俺を、上手く使ってくれよ」

瀬名の言葉に、来栖が一瞬黙って、それから小さくうなずく。

仮面をつけていても、来栖が今どんな表情をしているのかなんとなくわかる。それほど長くはないけれど、仕事のパートナーとして過ごした時間がそうさせてくれるのだ。

もちろんまったく不安を感じないと言えば嘘になるが、電子会員証が届いてからのひと月あまり、二人で綿密な下調べをしてきた。今日は少し様子を探る程度でも、何度か通えば違法薬物についての情報を得られるだろう。

大丈夫。必ず上手くいく。自分を鼓舞するように何度もそう思っていると、やがて車が細い山道を上り始めた。

ここまでの数キロにもすでに民家などはなかったが、さらに人里離れた山深くへと入っていく。そのまま道なりに数分走ると、行き止まりと書かれたプレートが見えてきた。

この先は山全体が私有地になっているはずだ。

「おや、ずいぶんとクラシカルなお出迎えだ」

「……っ！　あれって本物の、馬？」

プレートの向こう、坂の上から近づいてきたのは、二頭立ての馬車だった。

仰々しさは相変わらずのようだ。車と向き合って止まると、中から中世の貴族のような格好の仮面の男が出てきた。

「車はここまでか。じゃあ行こうか、『シュン』。あとは手はずどおりに頼む」

来栖が運転手に言うと、彼が外に出て後部座席のドアを開けた。来栖と一緒に外に出ると、仮面の男がおお、と声を上げた。

「これはこれは『ジン』様！　ようこそおいでくださいました」

「久しぶりだね、支配人。また会えて嬉しいよ」

「もったいないお言葉です！　あなた様のご来訪を皆待っておりました。お連れ様ともども、心より歓迎いたしますよ！」

支配人と呼ばれた男が言って、馬車へといざなう。

「今宵はオーナーもおります。『ジン』様と、ぜひお話がしたいと申しております」

「ほう、それは光栄だな！」

来栖が言って、ふふ、と笑って続ける。

「僕も、一度お会いしてみたいと思っていたんだ。楽しみだよ！」


（……オーナーと会うとか、いきなり想定外もいいとこだろ！）

四年前のクラブの内偵では、経営サイドの人物を特定することができなかったと来栖は言っていた。

なのにまさか、のっけからオーナーに会えるとは思いもしなかった。もしや何かの罠なのではと焦ってしまうが、来栖は落ち着いている。

ここまできたら、流れに身を任せるしかないと考えているのか。

「おお、『ジン』ではありませんか！　お久しぶりですねえ！」

「本当に！　どうしているのかと、時折話していたところですよ」

「ペットを連れておいでなのも、久しいですな！」

馬車で連れてこられたのは、南欧風の洋館だ。

支配人に案内され、来栖にリードを引かれてエントランスホールに入った途端、くつろいだ様子でシャンパングラスを傾けていたアルファたちに取り巻かれた。

様々なコスチュームに身を包んだアルファたちと、来栖は知り合いらしい。

と言っても、全員仮面をつけているし正体もわからないのだが、来栖は鷹揚に彼らを見回して、愛想よく答えた。

「お久しぶりです、皆さん。再会できて嬉しいですよ。やっと戻ってこられました」

「ジン」らしく大げさに身ぶりを交えて、来栖が続ける。

「本当に感無量です。ここ数年はほぼ北米と欧州で暮らしておりましたので、まだこちらの情勢にはうといのですが、またここで楽しめたらと思っています。せっかくこの子も連れてきましたし」

「……っ」

来栖にリードを引かれて抱き寄せられ、タキシードの上から体をまさぐられて、小さく叫びそうになる。アルファたちが仮面の下で淫靡に笑う。

「ほうほう、健康そうなオメガだ」

「我々もご相伴にあずかることができるのですかな？」

「さぁて、どうしようかな？　今日は顔見せだけにしようと思っていたのですが。従順ないい子だけれど、まだ体のほうは、躾を始めたばかりでね」

「それは楽しみですねえ」

アルファたちから注がれるギラギラした視線に、ゾクリと身が震える。ペットを「愛の供物」としてほかのゲストに貸し出す、という話は、どうやら本当らしい。

嫌悪を顔に出さぬよう薄い笑みを浮かべて誤魔化していると、支配人がさりげなく先へとうながした。来栖がまたのちほど、と話を切って、エントランスホールの奥へと歩き出したので、瀬名もついていく。

瀬名がいくらか気持ちを乱したのに気づいたのか、来栖が芝居がかった声で言う。

「気後れしているのかい、『シュン』？ 堂々としていればいいと言っただろう？」

「……ぁ、え、とっ……」

「ほら、見てごらん。みんなとても楽しそうだよ？」

廊下を歩き、ベールがかかった部屋に入ったところで、危うく声を上げそうになった。

中央に置かれたグランドピアノから、美しい調べが響く広間。

天井から下りる何枚もの薄いカーテンを仕切りにして、革張りのソファや猫脚の長椅子がそここに置かれている。そしてその中では、仮面をつけた幾人ものアルファとオメガが半裸で絡み合い、艶めいた声と淫らな吐息をこぼしている。

発情したオメガもいるようで、ほんのりフェロモンの匂いもしてくるが、それほど激しく匂ってくるわけではなく、例の薬の甘い匂いも感じられない。ここでは違法薬物は使われていないのだろうか。来栖が愛玩動物をかまうみたいに瀬名を引き寄せ、愛撫して可愛がるふりをしながら、耳元でささやく。

「ここはまだクリーンだね」

「……みたいだな」

「本丸はこの先だろう。あの扉の向こうは、倫理や法秩序を無視して逸脱行為を楽しむ場所に違いない。おそらく違法薬物も使われているだろう」

広間の奥、大きな扉の前に、支配人が立って来栖と瀬名を待っている。目立たぬよう壁の色で塗装されているが、扉の枠のところには探知機のようなものが設置されており、監視カメラもついている。

「まあ、オーナーに会いたいと言われているんだ。行ってみるしかないね」

瀬名の耳朶に口唇を這わせながら来栖がそう言って、瀬名のリードを引いて扉のほうへと歩いていく。支配人にうなずくと、扉がすっと開いた。

「……！」

ぷんと漂ってきた桃のような甘い匂いに、思わず小さくうなった。

あの発情薬の匂いだ。それに、濃密な発情フェロモンの匂いもする。

来栖が気を静めるようにふう、と一つ息を吐いてから、優雅な足取りで中に入っていったから、瀬名もあとに続いた。

照明が薄暗くてよく見えないが、この部屋も中は広間と同じくカーテンで仕切られているらしく、動物じみたうなり声や悲鳴に近い声、頓狂な笑い声や理性が飛んだような声が、あちこちから聞こえてくる。

違法薬物をキメてハイになって、誰にも遠慮することなく淫らな情交に耽る。

わかりやすく堕落した空間だ。一見多重発情事故の現場と変わらないし、実際ここで行為を楽しんでいる者たちはその程度に考えているのだろう。

だが違法薬物や秘密主義とやらのせいで、幾人も死者が出ているのだ。やはりなんとしても証拠を押さえて摘発しなければと、そう思えてくる。

来栖が楽しげな声音で支配人に話しかける。

「ずいぶんと盛況のようだね、支配人」

「おかげさまで。『アモル』の閉店以来、ご贔屓のお客様方からは、クラブの再開を望む声を多く頂戴しておりました。ご支援やご協力をいただいて、このように再び楽園を築くことができて、私もとても嬉しく思っておりますよ」

支配人の声は誇らしげだ。

金糸の入った美しいカーテンの前に来栖を案内して、うやうやしく告げる。

「こちらでしばしおくつろぎください、『ジン』様。オーナーにあなた様のご来訪を告げてまいりますので」

「ああ、ありがとう、支配人。おいで、『シュン』」

「え……、ぁっ！」

ぐいっとリードを引かれ、カーテンの間に引き入れられると、そこには大きなベッドがあった。当然のように押し倒され、体にのしかかられたので、来栖だとわかっていてもヒヤリと冷や汗が出る。

「ジン」が浮かべそうな淫猥な笑みを口元に浮かべて、来栖が言う。

「少し遊ぼうか、『シュン』」

「あ、そぶ？」

「きみが美しく身悶える姿が見たくなった。胸の具合を確かめてやろう」

「あっ、ちょっ……！」

拒む間もなく来栖が瀬名のタイを緩め、シャツのボタンを外して胸元を開く。

上体を縛める革ベルトの拘束具と、乳首につけられたクリップ状の飾りがあらわになったから、顔が熱くなった。

こんなものを衣服の下にほどこされているなんて、本当に彼の下僕になったみたいだ。

潜入だけならここまでしなくてもよかったのではと、ほんの少し思っていたが、おそらくこのベッドもどこからか監視されているはずだ。この姿でここにいることには、ある意味とてもリアリティーがある。

　クリップを革手袋をした指でぴんと弾いて、来栖が言う。

「きみの乳首、ぷっくりと膨らんでいるね。色もバラ色で、とても綺麗だ」

「……あっ、あ……！」

　来栖に左右のクリップをつままれ、ねじるみたいにもてあそばれて、わけがわからず甘い声がこぼれる。ふふ、と低く笑って、来栖が言う。

「これだけで感じるのか？　まったくいやらしい体をしているね、きみは」

「うう、あ……！」

　責めるみたいな言葉をかけられながら、クリップごとひねり上げられたり、キュッと引っ張られたり。

　性的な遊びに興じるアルファとオメガ、というロールプレイをやっているだけだし、別に被虐嗜好などないのに、なぜだか腰にしびれが走って淫靡な声が止まらない。「ジン」も来栖だから、触れられると悦びを覚えてしまうのだろうか。

　局部を覆う貞操帯の中で己が頭をもたげそうになったから、もぞもぞと腰を動かすと、来栖が潜めた声で言った。

「本当に敏感だな、きみは。しっかり開発したら、じきにここだけで達けるようになるね」

「そ、な、こと、が？」

「可能さ。悦びは回路だから、道筋をつくってやればいいだけの話だ。きみは敏感だから、いくらでもつくってやれそうだ」

そう言って来栖が、甘くささやく。

「きみは本当に素敵だ、『シュン』。きみと出会えて、僕は嬉しいよ」

「ぁ、ん……」

瀬名の乳首をいじりながら、来栖が口づけてくる。

どこまで本当の話かわからないし、なんだか悪ノリが過ぎる気もするが、「嬉しい」という言葉は来栖の本心のようにも思えて、胸が弾む。

今となっては瀬名も同じ気持ちなのだ。あとはそれをいつどんなふうに伝えるかだけで――――。

「……？」

キスに陶然となりかけていたら、来栖がゆっくりと顔を上げてカーテンのほうを振り返った。

発情薬の、桃のような甘い匂い。

思いのほかすぐ近くから感じられる。昂ったオメガが傍にいるのか。

「……大丈夫か？　入っておいで」

来栖が声をかけると、カーテンの間から小柄な人物が滑り込んできて、ドッとベッドに倒れ込んだ。

「う、ぅうっ……、はあ、はあ……」

荒い息と、ビクビクと苦しげに震える体。

激しく発情しているオメガだ。ピンクの仮面にチョーカー、それに薄い肌襦袢のようなものだけを身につけている。体中の肌から発情フェロモンが匂い立っていて、オメガの瀬名でも傍にいるだけでめまいがしそうだ。

来栖もさすがに堪えるのか、小さく頭を振ってから、革手袋をした手でオメガの顔にかかった髪をそっと払いのける。オメガがのっそりと顔を上げると、その拍子に目元の仮面が少しずれて顔が見えた。

「……っ……！」

眉根を寄せ、焦点の合わない蕩けた目でこちらを見たオメガが、成也だとわかったから、思わず叫びそうになった。だがここで彼に正体を知られるわけにはいかない。仮面越しに黙って顔を凝視していると、成也が仮面をつけ直し、来栖を見て微笑んだ。

「わあ、やっぱり『ジン』だあ。そうかなあって思ったんだよぉ」

媚を含んだ甘い声音で、成也が言う。来栖が穏やかな笑みを返して答える。

「久しぶりだね『ラビット』。その可愛い仮面を見るのは何年ぶりかな？　きみはどうしているだろうって、ときどき思い出していたんだよ？」

「本当？　ふふふ、嬉しいなぁ。でもねえ、僕にはもうご主人様がいるんだ。誰よりも愛しいご主人様がねえ。あなたは？　『ジン』のペットなの？」

酒に酔ったみたいな目でこちらを見て、成也が訊ねる。答えるべきか一瞬考えていると、来栖がリードをぐいっと引いて瀬名を抱き寄せ、代わりに言った。

「ああ、そうさ。彼は僕のものだ。まだ躾け始めたばかりだよ」

「そっかあ。一緒にご奉仕ができるの、楽しみだねえ？」

成也が言って、あははは、と声を立てて笑うが、その笑いは乾いていて、目はどんよりとよどんでいる。奉仕というのは、いったい……？

「今日はねえ、『愛の供物』が僕しかいないから、ちょっと大変なんだ。お客様はたくさんいらっしゃってるし、いっぱいご奉仕しなくちゃいけなくてねえ」

「……そうだったのか。でもきみ、顔色があまりよくないよ？　体に、かなり負担がかかっているんじゃないのか？」

「大丈夫！　だってご主人様のご命令なんだもの。ご主人様の代わりに、僕がたくさんのアルファに愛を届けて――」

「おや、見つけたよウサギちゃん！　こんなところに隠れていたのかい？」

「逃げ回ったりして、悪い子だねえ、ウサギちゃんは。さあ、こっちにおいで！」

いきなりカーテンが払いのけられたと思ったら、ホラー映画みたいに何本も手が伸びてきて、成也が一瞬で外に引きずり出された。

すっかり理性を失ったアルファの客たちだ。そのまま向かいのカーテンの中に連れ込まれ、あさましく体を貪られて、成也が悲鳴を上げる。ご奉仕というのは、まさか……。

「……どこへ行く気だ、『シュン』」

「あっ……！」

成也を助けなければと、無意識に駆け出そうとしたら、来栖に強くリードを引かれてベッドにねじ伏せられた。瀬名の腕を軽くひねり上げ、背中に覆いかぶさるように身を寄せて、来栖が言う。

「よそ見とは感心しないな。自分の立場がわかっているのか、きみは？」

ここで瀬名が不審な行動をとれば、二人の身に危険が及ぶかもしれない。

来栖は暗にそう言っているのだろう。それはもちろんわかっているが、だからといって、成也がアルファたちにあんなふうに凌辱されているのを、黙って見過ごすなんて……。

「っ……？」

瀬名の腕を押さえる来栖の手が、かすかに震えている。振り返って顔を見上げると、来栖が必死で怒気を静めようとしているのが、金の仮面越しに感じられた。

こんなことは許しがたいと、彼もそう思っているのだ。

「……失礼します、『ジン』様」

カーテンの向こうから、成也の声に交じって支配人の声が届く。

「オーナーがぜひお話を、と。どうぞお二人でいらしてください」


洋館の奥の出入り口から外に出ると、そこには小さな庭があった。噴水があり、美しい天使の彫刻がいくつも飾られている。

その脇を通り抜けて、さらに奥にある重厚な建物に入ると、正面に階段がある大きなエントランスホールがあり、支配人はその階段へと二人を案内した。

二階に上がるとまたホールに出たが、一階ともども人けはない。どこからかうっすらと、発情薬の甘い匂いが漂ってくるばかりだ。

「……十九世紀英国の、復興ゴシック様式かな？」

「おお……、おわかりになった方はあなた様が初めてです、『ジン』様。お詳しいのですか？」

「古い建築物が好きでね。こんなにも忠実に再現されている建物は、初めて見たよ」

来栖が革手袋をした手で階段の手すりや花器ののった台、燭台にそっと触れ、興味深そうに言う。

瀬名にはさっぱりだが、敷地内に大きな建物が二つあるのは登記簿のとおりだ。毛足の長い絨毯が敷かれた廊下を歩いていくのに従って、発情薬の匂いが濃くなってくる。

突き当たった部屋のドアを開けて、支配人が一礼すると、来栖が中に入っていった。瀬名もあとに続くと――。

「……！」

部屋の中央、大きな毛皮のラグの上で、チョーカーだけをつけた全裸の少年が三人、淫らな声を発しながら子猫が戯れるみたいに体を愛撫し合っている。

三人とも発情薬で発情したオメガだろう。一心に快楽を貪っているせいで、瀬名や来栖が部屋に入ってきたことにも気づかぬ様子だ。

内心動揺させられながらも、なんとか平静を装って顔を上げると、部屋の奥のテラス窓の傍に、仮面をつけた長身の男が立ってるのが目に入った。

中世の貴族風の豪奢な装束に、羽飾りがついたマント。

来栖に引けを取らぬほどの生気と風格を漂わせた、アルファ男性だ。王侯貴族のような大仰な仕草で両手を広げて、男が来栖に言う。

「……こんばんは。以前、クラブでよく遊んでくれていた、『ジン』ですね？」

「あなたは……、もしや、『キング』か？」

「知っていてくれたとは光栄だな！　確か直接お会いするのは初めてでしたね？　あなたがまた来てくれるなんて、こんなに嬉しいことはない。多額の寄付までしていただいて！」

男が大げさな身ぶりで言って、それからコホンと一つ咳払いをする。

「おっと、失礼。感激のあまり気が昂ってしまいましたよ。改めて、あなたに歓迎の意を表します。新生『アモル』の新オーナーとして！」

（こいつが、オーナーなのか！）

「運命の輪」の幹部であると目されている「キング」。

彼がこのクラブのオーナーなら、敵の中枢にいきなり飛び込んだようなものだ。

いや、もしかしたら飛び込まされたのかもしれない。やはり罠だったのではと、背中に冷たい汗が流れてくるが、来栖は落ち着き払った態度で、貴族的な仕草で会釈をした。

「嬉しいお言葉をありがとうございます、『キング』。お噂はかねがねうかがっておりました。こちらこそ、お会いできて大変光栄ですよ」

そう言って来栖が、瀬名のリードを引きながらオメガたちに目を向ける。

「惚れ惚れするほど麗しいペットたちですね。手ずから躾けられたのですか？」

「ええ、もちろん」

「素晴らしいですよ、『キング』。僕もこの子をあのように躾けたいものです。オメガはアルファに愛され、身も心も丁寧に躾けられてこそ、より美しく咲きこぼれるのですから！」

淫靡な興奮を隠し切れない、といった様子の来栖――「ジン」の言葉は、瀬名には到底受け入れがたい考え方だが、「キング」はおお、と嬉しそうな声を洩らし、口元に笑みを浮かべた。来栖をベルベット生地が美しい応接ソファのほうへといざないながら、「キング」が楽しげに言う。

「あなたとは話が合いそうですよ、『ジン』。シャンパンを用意してあります。よければ乾杯しませんか？」

「喜んで。……『シュン』、彼らに遊んでもらうかい？」

「っ？」

「ああ、でも、きみは人見知りだからねえ……。いいよ、今は僕の足元においで。おとなしくしていなければ駄目だぞ？」

まるで飼い犬にでも話しかけるみたいに来栖が言って、瀬名のリードを引いて応接ソファのほうへ行き、ソファに腰かけて長い足を組む。

足元に、と言われたので、横には座らず床に膝をつくと、来栖がそっと頭を抱き寄せてきた。彼の膝の上に頭を預け、ちらりと顔を見ると、来栖がうなずいて言った。

「……そう、いい子だ。オメガはそうでなくてはね」

「ふふ、なかなか従順そうな子だ。今後が楽しみですな！」

「キング」が言いながら、部屋の隅に用意されていたワゴンを押して、ワインクーラーに入ったシャンパンとグラスを運んでくる。

ポン、といい音を立てて栓が抜かれ、パチパチと炭酸が弾ける音とともに、グラスが琥珀色のシャンパンで満たされる。来栖と向き合って腰かけて、「キング」がグラスを持ち上げると、来栖も優雅な仕草で続いた。「キング」が艶めいた声で言う。

「あなたとの出会いに。乾杯」

「乾杯」

乾杯する二人を、おとなしい飼い犬か何かになった気分でちらちらと見やる。

「キング」は典型的なアルファ男性の雰囲気だ。来栖と同様に体格がよく、声にも張りがある。豊かな黒髪はウイッグではないようだから、来栖のように実は金髪だったとか、そういう意外性はなさそうだが……。

「……さて、『ジン』。早速だが、一つ提案があるのだが」

「ご提案……、ほう。どのような？」

「何、大したことではないのです。このクラブを再開するに当たって、私はかつての『アモル』の経営者から、帳簿や会員の情報などを引き継ぎました。そしてあなたのことも、少し調べさせてもらいました」

そう言ってキングが、弁明するように付け加える。

「ああ、でもどうか、気を悪くなさらないでいただきたい！ ごく一般的な信用調査です。こういったクラブの経営者なら、誰でもやっているようなね」

「お気になさらず。当然のことです」

来栖が鷹揚に答えると、「キング」が小さくうなずき、話を続けた。

「あなたとはとても気が合いそうだ。何より、多額の寄付も頂戴した。私はあなたと、心からの信頼関係を築きたいと、今強くそう思っているのです」

「キング」が言葉を切って、ゆっくりと続ける。

「もしもあなたもそう思ってくださるのなら、どうでしょう……、我々の信頼の証しに、ここで互いに仮面を外すというのは？」

意外な申し出に驚かされる。

四年前、アルファたちに凌辱されそうになったあのときですら、瀬名から仮面をはぎ取ろうとする者はいなかった。それは先ほどの成也も同様だ。なのにまさか、オーナー自らそんな提案をしてくるなんて思わなかった。いくらか困惑したのか、来栖が訊ねる。

「素顔をさらし合おう、ということですか？」

「ええ。顧客の安全を第一に考えなければならない向こうの建物と違い、こちらの館には監視カメラやセンサー、集音マイクといったたぐいのものはありません。記録が残ると、ある意味私自身も困る身の上だからなのですが」

苦笑するように、「キング」が言う。

「個人の記憶の中になら、私としてはむしろ刻みつけ合いたい。私にとって、互いを信頼するというのはそういうことなのです」

腹を割って話したいとか、裸の付き合いだとか。

これはたぶんそういう話なのだろう。互いに素性がばれるリスクを負えば、より強い関係を築ける。瀬名としては、それは信頼とは違うのではないかと感じるが。

少し考えて、来栖がうなずく。

「……わかりました。僕はかまいませんよ。仰るとおりにしましょう」

「ありがとう、『ジン』。では、言い出した私のほうから外しましょうか」

「キング」が言って、おもむろに仮面を外す。

「……！」

「ジン」の従順なペットという立ち位置からすると、もしかしたらあまり反応すべきではなかったのかもしれない。だが瀬名は、驚愕のあまり思わず息をのんでしまった。

――衆議院議員、柿谷丈太郎。

以前、地下鉄の駅前で見かけたアルファの男の精悍な顔が、そこにはあった。

私費を投じたオメガ支援活動や、バース性平等を訴える若手議員の旗手であるはずのこの男が、よりにもよってアルファ至上主義のカルト団体幹部、「キング」だったなんて。

「……あまり驚いていないね、『ジン』？」

「いや、そんなことはないですよ。ただ、あなたが本気だということはよくわかりました。その信頼に、僕も応えねばなりませんね」

来栖が涼しげに言って、銀髪のウイッグを頭からするりと外す。現れた金髪にほう、と目を輝かせた「キング」——柿谷の前で、来栖が金の仮面を取り外す。

「これでよろしいかな、『キング』？」

「……これは……、ふふ、驚いたな、まったく！」

柿谷がおかしそうにくすくすと笑う。

「何しろあなたにはまったく覚えがない！　信用調査で出てきた経歴が本物なら、絶対にどこかで顔くらいは見たことがあるアルファだろうと思っていたのに！」

「表に出ている僕に関する情報には、あちこちフェイクを噛ませてあるのです。僕もあなたと同様に、広く素性が暴かれては困る身の上なのでね」

来栖が言って、ふふ、と笑う。

「でも、クルーズ公爵家の血を引いているのは本当です。クルーズ・バースイノベーション財団の、首席研究員であることもね」

来栖の言葉に、柿谷が明らかに目の色を変えたのがわかった。

来栖が口にした財団の名前は、瀬名が来栖の正体を探ろうとしていたときに一度だけ検索に引っかかってきた。欧州に本拠地があり、世界中で広く出資を募って、バース性にかかわる医療や科学分野の研究を行っている団体らしい。

本当のところこれもフェイクかもしれないし、財団の日本での活動実態そのものもよくはわからなかったが、柿谷にとっては意味のある情報なのだろう。

柿谷が食いついたのがわかったのか、来栖が微笑を浮かべて続ける。

「もちろん、世界中どこにいても、いつでも気兼ねなくオメガと遊び戯れる場所を求めていることもね。そのための出資や情報収集の手間は、惜しまぬようにしています」

「……なるほど、そうでしたか。いつでも気兼ねなく……、そう、『アモル』の経営理念もまさにそこなのです。あなたとは本当に気が合いそうだ！」

そう言って柿谷が、シャンパンをすっと飲み干す。

それからためらいを見せながら、来栖に訊ねる。

「しかし、これだけはどうしてもお訊きしておきたい。あなたはどうやって『アモル』を知ったのです？　私とも、私の前の経営者とも、知り合う機会はなかったと思うのだが？」

「誘われたのですよ、古い友人に。自分は素晴らしき思想と出会った、おまえもアルフアならば、正しき道を歩むべきだと言ってね」

「ほう……、思想、ですか？　そのご友人の名は？」

「園田慎《しん》。彼は僕の、親友でした」

（それって、あのレポートの……？）

初めて聞いた話だ。調査の前任者というだけでなく、親友でもあったのか。

でも、素晴らしき思想、というのはいったい……？

「……園田……、そうだったのか。それは、思いつかなかったな」

そう言って柿谷が、哀しげに目を伏せる。

「彼はいいアルファだった。急死したのは残念だったよ。いつもとても愛らしい、お気に入りのオメガを連れていたな。名前は、確か……」

「……レイ」

「そうだ、思い出した。英国の血を引く美しいオメガだったよ。二人とも死ぬには若すぎた。どうしてあんなことになったのかっ……」

柿谷が嘆くように言って、頭《かぶり》を振る。

レイというのは、もしや来栖が言っていた「レイ」と同一人物なのだろうか。

潜入の計画は十分に練っていたとはいえ、最初からこんなにも深部までもぐり込めるとは思わなかったから、知らないことだらけだ。来栖が何を思ってこの件にかかわっているのか、せめてもう少し知った上でここに来るべきだったかもしれない。

何やら置いてきぼりにされたみたいな気分で、本当にただの無垢なペットになったかのように来栖を見上げると、来栖の秀麗な顔に意味ありげな表情が浮かんだ。

「彼らがどうして亡くなったか、ですか？　それは間違いなく、薬の扱い方を間違えたせいでしょう。あなた方が造っている、興奮剤と発情薬のね」

「……失礼。今、なんと？」

「あの頃のものは今ほど純度が高くなかったですし、強い効果を得ようとすればすぐに過剰摂取になってしまう。どんな賢人でも薬の依存性と毒性には勝てません。気高い思想と同じくらい、園田は薬物の摂取量を厳格に守るべきでした」

低く発せられた来栖の言葉に、柿谷がわずかに眉根を寄せる。

来栖が何をどこまで知っているのか、訝っている様子だ。探るみたいに、柿谷が言う。

「……ずいぶんとおしゃべりだったんだな、園田は。あなたに、そんな話まで？」

「それだけ僕を信頼してくれていたのですよ。同じアルファとして……、共に『運命の輪』の思想に共鳴する者としてね」

柿谷の顔に明らかな警戒の表情が浮かぶ。だが来栖は、臆せず言葉を続けた。

「はっきり言いましょう。僕が『アモル』に通い始めたのは、『運命の輪』へのシンパシーからです。オメガはアルファに支配されるべき存在だと、僕は幼い頃からそう思っていました。今の時代、そのような考え方は表立って口にはできませんがね」

もったいぶって肩をすくめてみせながら、来栖が言う。

「だが、それがバース性の本能というもの。オメガの発情を抑えたり、アルファに我慢を強いたりするのは、自然の摂理に反します。それが当然視されるようになってしまったこの嘆かわしい社会を正すためには、薬物は福音と言える。僕は園田と出会ってそう確信し、今こうしてあなたと顔を合わせている。これはまさしく、運命の導きだ！」

「『ジン』……、あなたは、本当に……？」

まだ半信半疑な様子ではあるが、柿谷が来栖の言葉に引き込まれているのがわかる。

最後の一押しとばかりに、来栖が告げる。

「どうか僕を受け入れてください、『キング』。『運命の輪』への支援、協力は惜しまないつもりです。僕の財団での立場も十分に生かしてね」

「……っ！」

来栖がいきなりリードを思い切り引き、瀬名の頭をそらせて顔を柿谷のほうに向けたので、首輪が喉に食い込んだ。熱に浮かされたみたいな口調で、来栖が言う。

「愛するこの子にも、今すぐ教えてやりたいのです。『愛の供物』となってたくさんのアルファに愛される悦び、オメガとして最高の幸福を……！」

(……次はどうするつもりなんだ、来栖さんはっ?)

敵の懐に飛び込み、違法薬物の供給源である団体の幹部が現職の国会議員であることを突き止めたのは、この潜入の大きな成果ではあるだろう。

でも、さすがに少し深入りが過ぎるのではないか。柿谷が嬉々として二人を地階に案内すると言い出したからには、来栖の戦術は正しいのだろうが、こちらとしては不安しかない。本当に『愛の供物』にされていた成也がどうなったのか、心配でもあるし……。

「足元に気をつけて、『ジン』。それに美しいペット君も」

館の地階に下り、柿谷が錠の下りた金属の扉を鍵で開ける。

中に入ると、そこは上階のような時代がかった内装ではなく、研究施設のような硬質な空間だった。大きなタンクや長く伸びた管、何かの計器類。聞こえてくるのは機械のモーター音ばかりだが、ぷんと漂ってくる甘い匂いは例の発情薬のものと同じだ。

もしや違法薬物は、ここで造られて……?

「……素晴らしい。まるでワイナリーのようだ」

来栖が青い目を輝かせて言うと、柿谷が得意げな顔をした。

「そのようなものですよ。ここでできた薬品は、丹精込めて熟成させた美酒そのものです」

そう言って柿谷が、うっとりと続ける。

「オメガを狂おしく花開かせ、熟れさせる発情薬。アルファをたくましく屹立させ、征服者らしく発奮させる興奮剤。どちらも原始のバース世界への回帰には欠かせないものだ」

「原始のバース世界……、『運命の輪』が目指す、理想郷ですね？」

「そのとおり。これがあればオメガをいつでも発情させ、アルファの下に服従させられる。そうしてたっぷりと快楽を与えてやれば、オメガはアルファの愛を求めて自らひれ伏すようになる。それこそが、アルファとオメガとの理想的な関係だ」

「っ……」

歪んだ支配欲丸出しの柿谷の言い草に、むかむかと腹が立ってくる。

そんなものが愛だなんて聞いて呆れる。それではヤク漬けにして相手に言うことを聞かせるのと何も変わらない。思わず顔をねめつけると、柿谷が蔑むような目でこちらを見た。

「おや、躾がなっていないペットだな。本当に『愛の供物』になる気があるのかね？」

「どうかお許しください、『キング』。彼はまだ、素直になることに慣れていないのです」

来栖が咎めるみたいにリードを引き、背中から抱きかかえて柿谷の前に差し出す。

「気の強い子ですが、悦びには素直ないい子です。よければお貸ししましょうか？」

「……！」

来栖の提案にぎょっとしたが、まさか本気ではないだろう。

けれど柿谷の顔には、嗜虐的な表情が浮かぶ。来栖が本気なのか確かめるためにか、じっと目を見ていたが、来栖がうなずくと、にやりと嫌な笑みを見せた。

「気の強いオメガか。いいね、好きだよ。隷属させせがいがあるからな！　反発と恐怖こそが、私を昂らせるのだ！」

どうやら、何かのスイッチが入ってしまったみたいだ。柿谷が興奮気味に壁際に歩み寄って、金属の扉を開けて中から銀色のケースを取り出したので、嫌な予感におののく。

ギラギラと目を輝かせて、柿谷が言う。

「不安になることはないよ、美しきペット君。オメガはまさしく我らアルファへの『愛の供物』。身も心も抱き締め、発情と生殖をしっかりと管理して存分に愛してやるのが、アルファたる我らの務めなのだ。そのために、これがあるんだよ？」

柿谷がケースの中から取り出したのは、案の定注射器だ。おそらく発情薬だろう。

そのまままつかつかと歩いてこちらに戻ってきたから、息が止まりそうになる。瀬名のおののきをよそに、来栖が世間話でもするみたいに訊ねる。

「……何倍に希釈されているのですか、これは？」

「二十倍だよ。これでもかなり効くが、もっと濃度を上げることもできる。一晩中奉仕させたければ、そうだな……、今のところ十五倍程度が限度かな？」

柿谷が楽しげに言って、注射器をこちらに向ける。

「首に直接打つのがいいんだよ。この忌々しいチョーカーの下辺りが、一番効く」

「……やっ……！」

「そう！　そうやって少し抵抗されるのも悪くないな！　可愛いよ、ペット君！」

声を上ずらせながら、柿谷が言う。オメガをいたぶるのが楽しくて仕方がない、という表情だ。どちらかというと親しみを感じ、好印象しか抱いていなかった男が、まさかこんなにもおぞましい人物だったなんて――。

「……あー、やっぱりちょっと、これはないな」

唐突にぼそりと、来栖が言う。

「緊急避難というやつだ。やっちゃっていいよ、『シュン』」

来栖の言葉に、考える間もなく体が動き、柿谷の側頭部に痛烈な回し蹴りを見舞う。

柿谷が音もなくゆらりとその場に倒れると、瀬名は仮面を投げ捨てて言った。

「ほんとにこいつに身を捧げさせられるのかと思ったぞっ？」

「ごめんごめん、どこで止めようか迷ってて」

来栖がすまなそうに言って、てきぱきと瀬名の首輪を外し、中に仕込んでおいた小型のカメラを引っ張り出して地下室の様子を撮り始める。

音声もレコーダーに録音済みなので、冷蔵庫に保管されていた薬品の一つも持ち帰れば、違法薬物の製造、使用に加え、オメガへの虐待容疑の証拠としても、まずは十分だろう。

「よし、オーケーだ。見つかる前にさっさと逃げよう。ここからだと、三つ目のルートでいけるかな？」

あらかじめシミュレーションしておいた脱出ルートの一つを選ぶことにして、慎重に館の外に出て山林の中に入り、来栖が先ほどのカメラについているミニライトを点灯する。

三百メートルほど山中を横に移動すれば、蛇行するように造られた林道に出る。来栖が雇った先ほどとは別の運転手が、その林道の先で車を待機させている手はずになっている。

「なあ、来栖さん。園田って人は、薬で亡くなったのか？」

先ほどの会話が気になっていたので、瀬名は前を歩く来栖に訊ねた。

「レイっていう、オメガの人も？」

「……そういえば、園田の死因は言ってなかったね」

来栖が言って、どこか沈んだ口調で続ける。

「彼は調査活動の途中で、薬の魔力に囚われてしまってね。いわゆるミイラ取りがミイラに、というやつさ。結果、興奮剤の過剰摂取で心臓発作を起こして死んだ」

「薬で、心臓発作……、そうだったのか」

「レイは彼の恋人だった青年だ。僕の遠縁に当たるオメガでね。薬に魅入られて変わっていく園田をなんとか止めようとしたが、彼に発情薬を投与されて、そのまま一緒に……」

痛ましい話に、やるせない気分になる。

「愛の供物」だなんて、あんなのは愛じゃない。柿谷が言っていたような理想も違法薬物の存在も、絶対に許してはいけないと、強い憤りの気持ちがふつふつ沸いてくる。

来栖が圧力に負けずこの件を調べたいと思ったのも、きっとそういう気持ちからだろう。友達や身内がそんな目に遭っていたならなおさらだ。

誰からどんな妨害にあっても、この件は絶対に立件しなければと、そう思えてくる。

なんとしてもデータを持ち帰らなければと思いながら、来栖の背中を追って歩いていると。

『――――て、たす、けてぇ――――』

「っ?」

『やあっ、もう、ぃやあ、せなくん、たすけてえっ――――!』

かすかに耳に届いた悲鳴にはっとなる。あれはもしや、成也の声では……？

「瀬名君、駄目だよ」

立ち止まった瀬名に、来栖が言う。

「罠だと考えるべきだ。『シュン』がきみだとわかって、誘い出そうとしているんだよ」

「……でもっ……」

たとえそうだとしても、あんな悲鳴を聞いてこのまま置いて逃げるなんてできない。ひどいことをされたが、成也は友達なのだ。

逡巡していると、遠くから人声がしてきた。どうやら追っ手を差し向けられたようだ。追いつかれたら元も子もない。

「……あんたはこのまま行けよ、来栖さん。俺、囮になるからさ」

「なんだってっ？」

「あんたとデータが無事じゃなきゃ、あいつらぶっ潰せないだろうが！　頼んだぜ！」

「待て、瀬名君！　戻るんだっ！」

来栖を逃がし、できれば成也も助ける。無謀とは思いつつも瀬名はそう決意して、引き留める来栖の声を背に走り出した。

それから二時間ほどあとのこと。

罵声と悲鳴とに鼓膜を揺らされて、瀬名はしばし失っていた意識を取り戻した。

「このできそこないのペットめっ！　警察官相手に二度も顔をさらすとは何事だ！」

「ごめんなさいっ、ごめんなさいっ！　どうかお許しください、ご主人様っ！」

来栖と共に「キング」と対面した部屋。オメガの少年たちが全裸で戯れていた場所に、瀬名は倒れていた。目線の先では、ぴしゃ、ぴしゃ、と鋭い音を立てて、成也が平たい鞭のようなものでむき出しの尻を叩かれている。

真っ赤になった尻を何度も執拗に叩いているのは、成也の「ご主人様」である柿谷だ。

そんなことはやめろと言いたいが、瀬名のほうも柿谷の部下たちに殴られたり蹴られたり、さんざんいたぶられたばかりで、後ろ手に縛られた体を起こすこともできない。

（く、そ……）

『青く真っ直ぐな正義感、向こう見ずな行動力、いても立ってもいられぬほどの義憤』

四年前、来栖に言われた言葉が、ぼんやりと頭を巡る。

わかっていても懲りずに渦中に飛び込んで結果痛い目を見るのだから、人の性分というものはなかなか変わらないらしい。でも先ほど、「ジン」を取り逃がしたようだと部下が報告に来て、柿谷が激怒していた。であれば、瀬名の捨て身の行動も半分は功を奏したわけだ。

とはいえ、自分が捕まってひどい目に遭うのは予想していたものの、まさか成也まで罰せられるとは思わなかった。血の味がする口をなんとか動かして、瀬名は声を絞り出した。

「……めろ、柿、谷っ、成也に、乱暴、するなっ」

がさついた声が不快だったのか、柿谷がゴミでも見るような目でこちらを見る。

成也を鞭で叩く手を止めて、うんざりした口調で言う。

「まったく、返す返すも抜かったよ。まさか警察の犬にこんなところまで入り込まれるとはな！　こういうことを防ぐために、いったいいくら使っていると思ってるんだ！」

柿谷が大げさに天を仰ぐ。

「だが、まあいい。警察組織にも動いてくれる人間はいる。じきに貴様の交友関係もわかるだろう。『ジン』が何者であれ、ここに踏み込む令状など簡単には出せまい。何も問題はないさ」

自分に言い聞かせるみたいに言って、柿谷がうなずく。

「それよりも、できの悪いオメガどもをきちんと教育し直さなくてはな。それこそ、アルファたる者の務めだ。成也、例の薬のアンプルと射出銃を持ってこいっ」

「は、はい……」

命じられた成也が、もたもたと衣服を直し、よろよろと部屋の隅に行く。

先ほどのワインクーラーがのったワゴンの隣には貯蔵庫があって、成也はそこから薬品のアンプルを取り出した。そのまま別の壁面の棚のところに行って、来栖が仕事で使っているのと同じような射出銃を手に取り、柿谷に持っていく。

「そのオメガのシャツを脱がせろ」

「はい」

成也が従順に答え、瀬名の元に来て、殴る蹴るの暴行を受けたせいですでにボロボロになっているドレスシャツの前を開く。

革ベルトの拘束具と乳首の飾りがあらわになったから、思わず顔を背けると——。

「くあっ……！」

いきなり乳首につけられたクリップ状の飾りが弾け飛び、痛みでうなった。

柿谷が射出銃を飾りに向けて撃ったので、圧力で飛ばされたようだ。充填されているのは薬品ではなく生理食塩水か何からしく、体にはなんの変化もないが、もう片方の飾りも同じように吹き飛ばされて、両乳首がジンジンと痛んだ。

楽しげな笑みを見せて、柿谷が言う。

「感じるのは痛みだけか？　どうやらその格好もフェイクだったようだな。きつくひねり上げてみろ、成也」

「はい」

「……っ、や、めっ、うぅっ！」

成也が瀬名の乳首を指でひねり上げてきたから、痛みでみっともなく声が出た。

幼なじみの瀬名を辱めているというのに、成也はまったくの無表情だ。成也はそんなにも、柿谷に心酔しているのだろうか。発情薬で発情させてほかのアルファたちに抱かせたり、鞭で激しく叩いたり、柿谷が成也を大切にしているとは、到底思えないのに。

「お、まえ……、あんな男の言うこと聞いてて、ほんとに、幸せなのかよっ？」

こらえ切れずに問いかけると、成也は無表情のまま答えた。

「ご主人様は誰よりも素敵な方だよ。瀬名君も今にご主人様の愛がわかるようになる」

「愛って……、どこに愛なんて、あるんだ……！」

瀬名は言って、柿谷をにらみつけた。

「あんたを許せない……、成也をこんなにしやがってっ！　薬使って言うこと聞かせてるだけなのに、何が愛だよっ！」

胸をつねられる物理的な痛みより、心のほうがずっと痛い。そんな気持ちも、成也にはわからなくなっているのか。

「あぅっ、ううっ……！」

腹や足を射出銃の中身が空になるまで撃たれて、痛みにうめく。柿谷が面倒そうに言う。

「……まったく、キャンキャンとやかましい犬だ。成也、もうそれはいい。答えろ。こいつはおまえのなんだと言ったかな？」

訊ねられて、成也が瀬名の胸から手を離して言う。

「知人です。子供の頃、近くに住んでいました」

「それで？　こいつはどんな子供だったんだ」

「同じオメガですが、彼は僕より喧嘩が強くて、泣かされている僕を助けたり……」

「おまえがどう思っていたのかを訊いている」

「……いつも僕を助けようとするのが、押しつけがましくて嫌でした」

冷たい言葉に心が凍る。やはりそんなふうに思われていたのだ。柿谷がせせら笑うように言う。

「やれやれ、みっともない犬だな。アルファでもない、同じオメガ同士だというのに、自分のほうが上だと優越感を抱いていたのか！」

「ち、がっ」

「だがまあ、野卑で愚鈍なオメガならば、そんなことを考えても不思議はない。やはりオメガには、アルファの手による躾が必要だということだ！」

得々としてそう言う柿谷には、きっと何を言っても無駄だろう。人を属性で差別してはばからない人間に、いちいち反論する気もないけれど。

（嫌だって思った成也の気持ちは、やっぱり本物なのかも）

それを否定するつもりはもちろんないが、瀬名が成也に抱いていた気持ちは、決して優越感などではなかったことも事実だ。

せめてそれだけは伝えたい。瀬名は成也を見上げて言った。

「……そんなふうに思ってたなんて知らなかったよ、成也。その……、ごめんな？」

「……え……」

瀬名が謝るとは思っていなかったのか、成也が不思議そうな顔をする。考えながら、瀬名は続けた。

「成也の気持ち、もっとちゃんと考えればよかったよな。そうできなかった俺は、確かに愚鈍な人間だったかもしれない。本当に悪かったよ、成也」

「瀬名、君……」

「でもさ……、俺は成也に優越感だとか、そういう感情を持ったことなんてないぜ？だいたいどっちが上とか下とか、そんなめんどくさいこと、俺がいちいち考えると思うか？」

思考より先に体が動くたちなのは昔からだ。それを思い出したのか、成也が少し混乱したように目を泳がせる。胸に込み上げてくる思いのままに、瀬名は告げた。

「じゃあ、なんで助けてたのかって、そう思うかもしれないけど、そんなのさ……、そんなの、友達だからに決まってんだろっ？」

「……！」

成也が大きな目を見開き、何か言いたげに口唇を震わせて瀬名を見つめる。

昔から見慣れた、成也がよくする表情だ。柿谷の下僕みたいになっているが、ちゃんと彼なのだ。ほんの一瞬、何も言わずに見つめ合っていると、柿谷がふんと鼻を鳴らした。

「バカバカしい。友情ごっこなど子供の戯れだな。まあ、おまえたちの過去などどうでもいい。それよりも今は、躾だ」

柿谷が言って、先ほど成也に持ってこさせた薬品のアンプルを手に取る。

「ちょうどいい。貴様で十倍希釈の発情薬を試してやろう」

柿谷の言葉に、成也がぎょっとした顔をする。

確かさっき来栖が訊ねたとき、十五倍が限度だとか言っていなかったか……？

「ふふ、心配するな！　貴様がみっともなく発情しても、身を鎮めてくれるアルファは大勢いる。それこそ、壊れるまで愛してくれるアルファたちがな！」

射出銃に発情薬を充填しながら、柿谷がサディスティックな欲望を隠しもせずに言う。

「そう、すべては愛なのだ。さあ、成也。これを使え」

「え……」

「おまえがお友達に愛の秘薬を打ってやるんだ。友に愛を分け与える。それが友愛というものだろう？」

「……この、下種野郎がっ」

もっともらしい言い草に腹が立つ。成也はためらいを見せたが、やがてふらふらと柿谷のほうに歩み寄った。そうして射出銃を手に取って、またこちらに戻る。

哀しいが、マインドコントロールとはこういうものだ。瀬名は力なく言った。

「……そうか。まあ、しょうがないよな、成也にされるんなら」

「っ……」

「けど、おまえがどう思ってても、俺はおまえを友達だと思ってるよ？　昔も今もな」

「……だ、黙ってっ、瀬名君っ……」

成也が言って、銃口をこちらに向ける。

けれどそのまま、成也は硬直してしまった。どうやら、本気でためらっているみたいだ。

「言うことを聞けないのか、成也？　捨てられたいのか？」

「……やっ……、で、でもっ……」

「残念だよ。従順なよきオメガだったのに、こんなにも早く別れの時が来るとはな！」

柿谷のわざとらしい嘆きの声に、成也が顔を歪める。

そんなふうに追い詰めるなんて、どこまで下種なのだろう。

だがもしかしたら、今ならこちらの言葉も届くかもしれない。瀬名は思わず言った。

「なあ、成也。迷ってるなら俺の言葉を聞いてくれ！　こいつの言う愛は、俺たちオメガにとっての、本物の愛じゃないんだよ！」

「……ほんものの、あい……？」

「ああ、そうだ。だって本気で愛してたら、真っ先におまえのこと番にしたいって思うはずだろ？　ほかの奴になんか、触らせたくないはずだろ？」

再会した途端にプロポーズしてきたときの、来栖の迷いのない顔を思い出す。

あのときはあり得ないと思ったが、相手を本気で「運命の番」だと感じているのなら、ある意味一番リアルな言動だと言えなくもない。オメガへの愛が確かにあるのなら、番になりたいと感じるのが、アルファにとってごく普通の感覚であるはずだ。なのにそうせず、何年もペットとして扱うなんて、そこに愛情があるとは到底思えない。

でもそんなこと、本当は成也自身も気づいていたのかもしれない。成也の眉が八の字になり、目からぽろぽろと涙が溢れる。

「せ、な、くんっ……」

成也が泣きながら射出銃を下ろす。そんなふうに泣かせたくはなかったけれど。

「まったく！　うるさいばかりでなく、こざかしい犬だっ。もういい、よこせ！」

柿谷が低くうなるように言って、成也の手から射出銃を奪う。そして銃口をこちらに向けて、硬く冷たい声で言う。

「戯言は終わりだ。今すぐ発情させてやる。二度とへらず口がきけないくらいになっ」

「っ……！」

衝撃を覚悟して目を閉じた瞬間、甘い匂いがパンッと弾け、鼻がツンと痛くなった。

だが体にはなんの変化もない。どうなったのかと、恐る恐る目を開ける。

「……成也っ？」

どうしてか成也が、胸に覆いかぶさるように抱きついている。

その体からはみるみる発情フェロモンが溢れ出し、呼吸もはあはあと荒くなってきた。

身を挺してかばってくれたのだと気づいて、叫んでしまう。

「成也っ、なんでっ！」

「だって……、友達、だもん……！」

「……成也……！」

強烈な発情フェロモンを発し、苦しそうにしながらも、こちらを見つめる成也の顔は瀬名が知っている幼なじみの表情だ。気持ちが伝わったのだと嬉しくなる。

だがその顔は一瞬で消えてしまった。両手で胸をかきむしって、成也が身悶え始める。

「ああ、あああっ……、ふ、うっつ、うぐぅぅうっ！」

「成、也……？　おい、どうしたっ！」

床の上をゴロゴロと転がり、動物の断末魔みたいなうめき声を上げてもがき苦しむ成也の姿に、慌ててしまう。柿谷が舌打ちをして言う。

「ちっ……、こいつももう限界か」

「な、に？」

「オメガはすぐに壊れて使えなくなる。代わりを用意しなくてはな」

「何を、言ってっ……」

機械の部品か何かみたいな言い方にゾッとする。焦りを覚えながら、瀬名は言った。

「おい、なんとかしてやれよ！　ほっといたら絶対ヤバいだろ！」

「どうせ駄目になるのに、そんな価値はない」

「価値ってなんだよっ、人なんだぞっ？」

「もう用済みだと言っているんだよ！　本当にうるさいオメガだ。さっさと躾けて性奴隷にしてやるから待っていろっ」

柿谷が苛立たしげに言って、先ほどの貯蔵庫のほうへ行き、今度こそ瀬名に投与するためにか、新しいアンプルを取り出す。

この男は、目の前で成也が苦しんでいても痛くもかゆくもないのだ。あり得ないほど濃厚な発情フェロモンを放ちながら、苦しげにのたうち回っているというのに。そのまま命まで燃え尽きて、死んでしまうかもしれないのに。

「……成也、成也！　しっかりしろ、成也っ！」

ここまできて何もできない自分が歯がゆい。オメガのためになりたいと警察官になったのに、友達一人助けられないなんて――――。

半狂乱になりながら、成也に声をかけていると。

「――――っ？　な、なんだっ？」

突然部屋の大きなテラス窓が音を立てて割れ、そこからタクティカルスーツに防護ヘルメットを着用した突入部隊がドッと室内に乱入してきた。

地元警察の執行管理チームと、なぜか警視庁のチームとが入り乱れているようだ。こんな人里離れた山奥の独立した建物に、なぜ……？

「ど、どういうことですかな、これはっ？　なぜ突然、令状もなく突入部隊がっ……？」

柿谷が必死に己を取り繕いながら、部屋に踏み込んできた部隊員たちを見回して言う。

今回の突入部隊の隊長らしき人物が柿谷の前に歩み寄り、一礼して言う。

「こちらの建物で計測されたオメガフェロモン濃度の値が、基準値を大きく超えていましたので、多重発情事故と判断しました」

「なんだとっ？　計測器などっ……、い、いや、ここは個人宅だ！　センサーの設置義務などないはずだ！」

「……往生際が悪いですよ。そんなにも激しく発情したオメガの青年がいるのに、今さら何をどう誤魔化すおつもりですかな、『キング』？」

「……な、にっ……？」

テラス窓から入ってきた長身の男にいきなり「キング」と呼ばれたためか、柿谷が目を見開いて硬直する。

防護ヘルメットをしているが、瀬名には一目で来栖だとわかった。その手には彼が愛用している射出銃と、レモンイエローの抑制剤の強化アンプルがある。

来栖がそれを手早く装填して真っ直ぐに成也の傍に行き、シャツの胸元を大きく開いて薬品を撃ち込むと、成也の体から発散される発情フェロモンがすっと収まり、彼はそのまま気を失った。

ひとまず安堵していると、部屋の入り口から支配人が慌てふためいて駆け込んできた。

「だ、旦那様、大変です！　クラブに警察の手入れがっ——————！」

言いかけて部屋の状況に気づき、支配人があんぐりと口を開ける。

柿谷と向き合っていた隊長が、厳しい声で言う。

「国会は閉会中ですので、署のほうでお話をうかがってもよろしいですかな、柿谷先生？」

柿谷は身じろぎもせず隊長の顔を凝視していたが、もはや逃げられないと悟ったのか、やがてゆっくりと戸口のほうへと歩き出した。

「……弁護士に、連絡させてくれ」

硬い声を残して柿谷が去る。

それを見届けて、来栖が部隊員に成也を救急搬送するよう命じる。

それからこちらに来て防護ヘルメットを外し、瀬名の腕の拘束を解いた。

「……ぃ、ってて」

「ああ、ごめんね、瀬名君。大丈夫か？」

背中を支えられてのっそりと起き上がると、体のあちこちが痛んだ。

でも成也も自分も助かったのだと実感したら、痛みはすぐに吹き飛んだ。来栖がほっとしたように言う。

「無事でよかったよ、瀬名君。あの男の性格なら絶対に強い発情薬を使うだろうと思って、この部屋に来るまでのあちこちにこっそりセンサーを仕込んでおいたんだ」

軽くウインクをして、来栖がこそりと告げる。

「フロックコートの金糸の刺繍の裏なんかに忍ばせておくと、探知器をすり抜けて持ち込めるのを知っていたからね」

「マジかよ……、そういやあんた、建築様式がどうとか言いながらいろんなとこ触ってたな。でも、それだけでよく突入まで持っていけたな？」

「そこはほら、蛇の道は蛇だよ。成也君やきみを助けるためならね。無駄に華麗な家柄は、こういうときこそ役立てないと！」

おどけたみたいにそう言うので、ほろ苦い笑みがこぼれる。

柿谷だって家柄のいいアルファなのに、こんなにも違う価値観で生きているなんて。

「助けに来てくれて、ありがと。無茶をやって悪かったよ」

「気にしないで。きみのおかげでデータもサンプルも無事だったんだから。僕たちは、なかなかいいパートナーだと思うよ？　何せ運命の……」

来栖が言いかけて少し思案し、それから笑みを見せて言う。

「うーん、そうだな。『運命の相棒』っていうのは、どうだい？」

来栖がそう言って立ち上がり、手を差し出す。

控えめな言葉選びに、彼の気遣いを感じて嬉しくなる。

でも、今ならもう、きみは「運命の番」だと言われてもむきになって否定したりはしない。こうして危機的状況から無事助けてもらえて、来栖に想いを告げることができる喜びを、まざまざと感じる。

周りに人さえいなかったら、本当は今すぐ、不器用にでも、気持ちを言葉に出してしまいたいくらいなのだけれど――――。

いっそこの手から何もかも伝わればいいのに。そんなことを思いながら、瀬名は来栖の手を取り、ゆっくりと立ち上がった。

熱心なオメガ支援で有名な現職の国会議員である柿谷が、過激な思想を掲げるカルト団体の幹部で、オメガへの虐待や違法薬物の製造流通の罪で逮捕されたことは、社会に大きな衝撃を与えた。

柿谷は逮捕から一貫して黙秘を続けており、「運命の輪」のほうも、当初は柿谷やクラブ「アモル」との関係はもちろん、違法薬物製造の事実も否定し、捜査の手が及ぶと当局による思想弾圧だと声明を出した。

だがその後すぐ、「運命の輪」やクラブの会員名簿が流出、様々な業界のアルファの大物が何人も名を連ねていたことが知れ渡ると、政財界を巻き込んだ一大スキャンダルへと発展した。

事件は特定バース関連事案に指定され、慎重に捜査が進められているが、来栖が政府や検察庁でそれなりのポストについている身内に探りを入れたところによれば、おそらく関係者は一網打尽だろうとのことだった。

以前保護したオメガの少年や、彼と同じ病院に入院中の成也が徐々に回復し、少しずつ「運命の輪」の活動実態を話してくれているので、彼らの身の安全と体調を第一に考えつつ、事件の全容を解明していくつもりだ。

そんなある日のこと。

瀬名は来栖と、都内にあるとある霊園の中を歩いていた。よく晴れてさわやかないい日だが、墓参りの時期ではないせいかそれほど人はいない。都会の真ん中とは思えないほど静かな霊園の中を二人で歩いていると、忙しい日常をほんの少し遠くに感じる。

「……ここだ」

二つの花束を手にした来栖が言って、立ち止まる。

『園田慎』と『レイ』。ひっそりと並んだ墓石には、二人の名だけが刻まれている。

二人は結婚していたわけでも、番の関係を結んでいたわけでもなかったが、二人が心から愛し合っていたことを知っていた彼らの家族が、死後このように取り計らったらしい。

「久しぶり。やっときみたちの墓前に立てたよ、園田、レイ」

来栖が感慨深げに言って、それぞれに花束を供える。二人とは会ったことがない瀬名も、なんだか心が動かされる。

彼らが亡くなり、来栖が園田の調査を引き継いだのは、今から六年ほど前のことだったらしい。だがそれから一度もここを訪れたことがなかったと、瀬名は来栖から聞いていた。

まったくなんの気なしに、それなら一緒に墓参りに行こうかと言ったら、来栖は少し驚いたふうだったが、それはいい考えだと、瀬名をここに連れてきてくれた。

二人の前できみに話したいことがあるから、と言って。

(話って、なんだろう)

来栖にそう言われたことで、瀬名のほうも、彼に気持ちを伝えるのを保留にしてしまっている。何かとても深刻な話だったらどうしようと、かすかな不安も覚えているからだ。

「……それで？　話したいことって、何？」

二人の墓に順に手を合わせてから、来栖に訊ねる。

来栖がこちらを見つめて、静かに告げる。

「僕の、体質のこと。きみには話していなかったことがあるんだ」

「体質？」

問い返すと来栖がうなずいて言った。

「僕がオメガの発情フェロモンに対して我慢がきくって話を、前にしただろう？　抗フェロモン薬で耐性がついたからじゃないかと説明したのを、覚えている？」

「ああ、そういや、そう言ってたな」

「その話は、半分は本当だと思う。世界中でそういう事例はいくつもあるからね。だけど僕の場合、それだけが理由じゃないんだ。少なくとも、自覚したきっかけはそれじゃない」

来栖が言って、よどみのない口調で続ける。

「あのときも言ったけど、誓って僕には番はいないし、過去にいたこともない。でも僕がこうなったのは、発情しているオメガの首を噛んだからだ。ここに眠る、レイの首をね」

「……え……、えっ？　ちょっと、待ってくれ。どういう、こと……？」

レイは園田を思っていたオメガで、来栖はその遠縁だと言っていた。

それに、アルファが不特定多数のオメガの発情フェロモンに影響されなくなるのは、番の相手、つまり「発情した状態で性交し、そのさなかに首を噛んだオメガ」が存在する場合だけであるはずだ。それなのに来栖は、自分には番がいたことはないと言っている。

どうにも事情がのみ込めずにいる瀬名に、来栖がまたうなずいて言う。

「わけがわからないよね。僕も最初はそうだったよ。どうしてこうなったのかと僕もあれこれ考えたし、調べもしたけど、結局は僕自身も、起こったことをそのまま受け止めるしかなかったんだ」

来栖が園田とレイの墓石に視線を戻し、記憶を手繰るように話を続ける。

「レイは日本に帰化した僕の祖父の、従妹の血筋でね。母親も須藤家と縁のある人だったから、レイは留学生として日本の大学に滞在していた間、須藤の家に間借りしていたんだ。園田は僕の大学の同期で、厚労省への入省年度も同じだった。気の合う相手だったから、家でパーティーがあれば誘ったりしていて。二人はそこで出会った」

昔を懐かしむような目をして、来栖が小首をかしげる。

「二人は似合いの恋人同士だった。でも、園田は少々繊細な男で。とても優秀なのに、アルファらしさの重圧を強く感じてしまうところがあって、そのせいで『運命の輪』のアルファ至上主義思想に傾倒してしまった。違法薬物なんかに手を染める前に、殴ってでも目を覚まさせてやるべきだったと、僕は今でも後悔しているよ」

それは来栖のせいじゃない。

そう言いたかったが、そんな慰めを安易に口に出すことの無神経さは、さすがにわかっている。来栖がまた口を開くのをただ黙って待っていると、やがて彼が低く言った。

「……あの日、レイが無断で講義を休んだと聞いて、僕はひどく胸騒ぎがした。園田のマンションに行ったら、園田はすでにこと切れていて、レイは発情し切った体が燃え尽きて、今にも命の火が消えそうな状態だった。一目見て、もう助からないとわかったよ」

「……」

「レイは僕が誰かさえわからなかった。ただ園田の名を呼び、首を噛んで楽にしてくれと泣いていた。だから僕は、死に水を取るようなつもりで、園田の代わりにレイの首を噛んだ。そのままレイは死に、僕はそのとき以来、オメガの発情フェロモンにほとんど反応しなくなった。……それが六年前、僕に起こったことさ。二人を救えなかった代償なのかなって、そんなふうにも思ってる」

来栖が儚げな笑みを見せて言う。

「オメガの発情に煽られなくてすむなら、気楽じゃないかって言った人もいるけど、僕はそうは思わない。だって僕は、きみを確かに運命の相手だと感じていながら、きみが放つ発情フェロモンには興奮しないんだ。それはやはり、とても寂しいことだよ」

ひゅう、と風が一つ吹いて、来栖の柔らかな金髪が輝く。

いつもの来栖の、穏やかな表情。

それを取り戻すのに、どれだけの時間が必要だったのだろう。怒りや後悔やマイナスの感情にのまれないように、どんなに抗ったことだろう。彼の六年間を思うと胸が痛くなる。

(……あれは、やっぱり「リベンジ」だったのかもしれないな)

四年前、誰かと電話で英語で話していた来栖は、そんな言葉を使っていた。

園田の本来の仕事を引き継いで「運命の輪」の闇を暴いた今、来栖はどんな心持ちなのだろう。その横顔からは推し量れないが、来栖はアルファは取り繕うのが上手いだけだと言っていたし、眠れば悲痛な夢を見たりもしている。

来栖の心は、瀬名の想像以上につらい痛みで満ちているのかもしれない。

でも――――。

(俺なら、その痛みを和らげてやれるんだよな?)

その事実が今は何より嬉しく、それが運命ならばそれでもいいと感じる。

そしてまた、一人のオメガとして素朴に思う。レイのいまわの際の願いを叶えた来栖には、代償ではなく、ある種の恩寵が与えられたのではないかと。

「……来栖さんは、守られてたんじゃないのかな?」

「え……?」

「園田さんとレイさんの死は、とても哀しいことだよ。でもレイさんは、ある意味ずっとあんたを守ってくれてたんじゃないかなって、俺は思う。ほら、仕事が仕事だし、うっかり見知らぬオメガの発情に煽られて、道を踏み外したりしないようにさ」

「……瀬名、君……」

「理由がわからないなら、そう信じたっていいだろ? 何せあんたは運命なんてもんを信じてるんだ。俺みたいな跳ねっ返りのオメガと出会って、ちゃんと心もつかんだわけだしな」

自分の胸を手でとんと叩いてみせると、穏やかだった来栖の顔が、みるみる泣きそうな表情になった。

来栖がそんな顔を見せるのは初めてだ。

でもアルファだからといって、ずっと取り繕って澄ましていなきゃならないわけじゃない。瀬名だって、オメガだからと意地を張り続ける必要もない。

お互いただ素直に、感じたままに、気持ちを伝えればいいのではないか。

来栖の青い瞳を真っ直ぐに見つめて、瀬名は言った。

「俺、あんたが好きだよ、来栖さん。でもそれは運命だからじゃない。バース性だって関係ない。ただ俺が、あんたに惚れたってだけだ。そこは絶対譲らないぞ？」

心に素直になりすぎて、惚れた、なんて慣れないことを言ったものだから、顔がかあっと熱くなった。それでも目を逸らさずにいると、来栖が、あの花がほころんだみたいな素敵な笑みを浮かべて言った。

「……きみがそう言ってくれて、心から嬉しいよ。きっとそんなきみだから、僕は心から惹かれたんだね。まあ僕は、運命を信じ続けるつもりだけど！」

「来栖さん……」

「やっぱり僕には、きみしか考えられない。お付き合いから始めてくださいって言いたいけど、本音を言えばもう今すぐにでも僕と結婚してほしい。どうか僕の、ただ一人の番になってくれないか？」

プロポーズの言葉は、最初のときと同じように前のめりだ。

でもそこには万感の思いがこもっている。瀬名はうなずいて言葉を返した。

「……喜んで。俺を、あんただけのオメガにしてくれ」

指を絡めるみたいに互いの手を取り、そのまま身を寄せ合ってそっと口唇を重ねる。

心と体を包み込む、来栖のうっとりするような匂い。優しいキスの味わいに、瀬名はしばし浸っていた。


それから数日後のこと。

大げさでなく人生で一番緊張しながら、瀬名は須藤家の大邸宅の門の前に立っていた。

来栖と一緒にガーデンパーティーに招待されたのだが、自分は本当にこの中に入っていって大丈夫なのかと、やはり気後れがする。

しかも二人して仕事から抜けられず、警視庁本庁の近くにある来栖の家で急いで着替えて、半時以上遅れての到着だ。今からでも回れ右して自宅に帰ってしまいたい衝動と闘っていると、来栖がおかしそうに笑って言った。

「今までで一番眉間のしわが深いね、隼介。潜入捜査のときより緊張してる？」

「優仁……」

「大丈夫だってば。きみのことはちゃんと話してある。僕のフィアンセとしてね」

来栖のプロポーズを受け入れたあの日。

少し照れながらも、お互いを名前で呼ぶことにして、今後のことを話した。

そしてすぐに、二人とも仕事がある身だし、事件の捜査も続いていたため、すぐに結婚式を挙げるというのはあまり現実的ではないのではと意見が一致した。それでまずは婚約という形をとることにして、その事実だけ周りに報告した。

来栖の両親は今仕事で海外暮らしなので、ビデオ通話で話しただけだが、来栖の人柄から想像したとおりの穏やかで気さくな人たちで、ごく普通に婚約を祝福してもらえた。

瀬名の両親は青天の霹靂《へきれき》といった感じだったが、オメガの瀬名が仕事で苦労しているのを知っていたので、支え合える相手ができたことを喜んでくれた。

職場にもさほど驚かれはしなかったが、仕事上のパートナーはおそらく解消になるだろうと言われたので、もしかしたら異動などがあるかもしれない。

そういったことも含め、いろいろと変化のあることなので、諸々二人でじっくり話し合って決めていこうと話していた矢先、須藤家のパーティーに招待されたのだ。

格式張っていない、ごく内輪のガーデンパーティーだと言われてはいたのだが、ほかに招待されている人たちについて来栖に探りを入れてもらったところでは、政財界、法曹界、医療界のお歴々が名を連ねているらしく、瀬名はそれだけでおののいている。

噂どおりの、フランクな人たちだといいのだが……。

「おお、優仁！　久しぶり！　ますます祖父さんに似てきたね！」

「婚約おめでとう！　初めまして、隼介さん！」

「おーい、みんな！　優仁と婚約者の隼介さんがご到着だぞ！」

広い芝庭にはグラスと料理を手にした来栖の親族が多くいた。とっくに乾杯もすんでいて、数人ずつ固まっておしゃべりに興じている。

来栖に手を引かれて間を進んでいくと、皆こちらに気づいて挨拶してくれた。

「あなたのご活躍は聞いてますよ、隼介さん！　特別執行官は激務だけど、すごくやりがいがあるでしょう？」

「え、ええ、そう思います」

「武術をやっているんだって？　俺は最近始めたばかりでね、よかったら上達の秘訣とか、教えてもらえないかな？」

「もちろん、かまいません。ぜひお時間のあるときにでも……」

「優仁の一目惚れで、とにかく押せ押せで迫ったたって聞いたんだけど、大丈夫っ？　引かなかったたっ？」

「えーと……！」

話には聞いていたが、須藤一族の人々はバース性も性別も実に様々で、人種も多様だ。来栖が一人一人、従兄弟だとか叔父叔母だとか説明してくれるのだが、とても一度では覚えられない。

でも、皆瀬名のことをごく自然に、当たり前に歓迎してくれているのは伝わってくる。特別気を遣っている様子もなく、かといってぞんざいな態度でもない。名家だからとか、自分はオメガだからとか思って、瀬名が勝手に気後れしていただけだとわかって、なんだかほっとする。

(優仁は、こういうところで育ったのか)

柿谷に話していたように、来栖の祖父は英国貴族クルーズ公爵家の出で、留学中の須藤家の令嬢と恋に落ち、彼女の帰国時に日本に渡ったようだ。

そのまま帰化して(響きの似た「来栖」という名字を気に入ってつけたとのこと)結婚、数年後に、来栖の母親となるオメガの長子が生まれたが、オメガ特有の先天的な病気があり、幼少の頃はとても体が弱かったという。

そこで祖父母は、バース性特有の病に苦しむ人々の助けになりたいと、クルーズ公爵家の出資の下、クルーズ・バースイノベーション財団を設立した。祖父母亡きあとは、自身も研究者であった来栖の父親が事務局長を務めており、今では世界中の多くの優秀な研究者を支援しているらしい。来栖のオメガに対する偏見のなさや理解の深さは、幼い頃から自然に育まれたものなのだろう。

「……優仁、隼介さん！　婚約おめでとう！」

「おめでとう〜！」

人垣を抜けてようやく飲み物を手にしたところで、数人の親族たちの一団から祝福の声をかけられた。

瀬名も顔くらいは知っている政治家や、中央官庁の公務員、法曹関係の人たちのようで、ここもバース性や性別は様々だ。ひときわ大柄で活力のありそうなアルファ男性が、大きな手を差し出して言う。

「ようこそ、隼介さん。僕が須藤家当主、須藤吉行です。と言っても、当主なんて名ばかりだけどね？」

「ちょうど今、この間の事件の話をしていたのよ！」

「いやあ、潜入捜査の顛末にはひやひやしたが、結果的には素晴らしい働きだったね！」

「優仁は、柿谷丈太郎の秘密の活動をすべて知っていたのか？」

興味深々といった感じで訊ねられて、来栖が小首をかしげる。

「そうですねえ、すべてではないですが、まあうっすらとは。以前のクラブの調査のときに、先代の柿谷議員が『運命の輪』に深くかかわっていることを突き止めていましたから。調査への妨害が入らなければ、もっと早くに全容が明らかになっていたでしょうね」

来栖の答えに、皆がざわつく。

「ああ、あの父議員！　須藤家にとってはある意味政敵だとはいえ、あまり故人を悪く言いたくはないのだけど……、ゴリゴリのオメガ差別主義者だったわね？」

「アルファ至上主義者としても強烈だったな。息子の丈太郎議員に歪んだ優生思想を植えつけたのは、間違いなくあの父親でしょう。まったく恐ろしい！」

瀬名には正直まったく理解不能だった、柿谷の二面性。

彼がああなるに至った理由はもちろんそれだけではないのだろうが、話を聞く限り、親の影響は確かにありそうだ。家庭の事情というのはそれでなくとも外からは見えにくいし、柿谷のように表向きはオメガへの支援をしたり、慈善事業家として知られていれば、彼の内面に気づく者などほどんどいないだろう。

つくづく人はわからないなと思っていると、来栖が話の切れ目にさらりと告げた。

「まあ、その話はいずれゆっくりとお聞かせしますよ。ちょっと隼介に会わせたい人がいるので、いったん失礼しますね」

来栖が瀬名の手を引いて、親族の一団の前を去る。

会わせたい人とは誰だろう。特に知り合いなどはいないと思うし、これ以上誰か紹介されても正直記憶する自信がないのだが。

「優仁、俺に会わせたい人って？」

辺りを見回している来栖に訊ねると、彼が誰かに気づいた様子で、庭の隅のほうへと歩き出す。すると、盛況なパーティーからは一歩引いたところに、日本人風の女性とブラウンヘアの男性が立っているのに気づいた。

「お二人とも！　いらしてくれて嬉しいですよ！」

来栖が傍まで行って声をかけると、二人が同時にああ、と声を上げた。

「優仁、優仁！　会いたかったわ！」

『よかった、きみに会えて本当に嬉しいよ！』

日本語を話す女性と、英語を話す男性。どうしてか二人は、感極まった表情で順に来栖とハグをする。

男性には少し来栖と雰囲気が似たところがある。この二人は、いったい……？

「お二人はレイの両親だよ、隼介」

「あ……！　は、初めまして、瀬名、隼介です！」

「うかがっているわ。優仁の調査に協力してくれて、本当にありがとう！」

『あなたの勇気に感謝します。これでレイも浮かばれるでしょう。私たちも、ようやく暗い復讐心《リベンジ》から解放される』

瀬名にも伝わるようにと気を遣ってくれたのか、男性がゆっくりとした英語で話す。

いつか来栖が電話で話していたのは、もしかしたらこの男性だったのかもしれない。

なんとなくそう思っていると、男性が改めて来栖に礼を述べ、瀬名の手を取って、真摯な目をして言った。

『私たちは、長いこと優仁を過去に引き留めてしまった。でもそれももう終わりです。どうか彼を幸せにしてあげてほしい。それが、私たちとレイの願いです』

「本当に、お二人で末永くお幸せにね。あなたたちにも、その子供たちにも、どうか永遠の祝福がありますように！」

女性が涙声で言って、来栖ともう一度ハグし合う。

おそらく、来栖と瀬名に会って話すためにだけ、二人はここに来たのだろう。静かにさよならを言って、二人は去っていった。

「今日会えて、よかった」

来栖がほっとしたように言う。

「もうすべて終わったから、これからは二人で、英国で暮らすと言っていたからね」

「そうだったんだ……」

彼らの哀しみは計り知れない。でもできれば二人にも、これからは少しでも穏やかな時間を過ごしてほしいと願わずにはいられない。

（俺も、優仁と……）

『彼を幸せにしてあげてほしい』

一般的にはアルファに向かって言われることの多い言葉だが、幸せは二人で築くものだから、瀬名だってもちろんそうしたいと思っている。

愛し合い、支え合って、子供ができたなら二人で育てて。仕事だって続けるつもりだから、上手くやっていけるのか、不安がなくもないけれど——。

「……？」

不意にくらりと意識が揺らぎ、視界がほんのり暖色になった。

まだ酒にも酔ってないのに変だな、と思っているうち、トクトクと脈が速くなり始める。もしかして、緊張しすぎて具合が悪くなってきたのか……？

「……隼介、大丈夫？　きみ、もしかして発情してない？」

来栖が気遣うみたいに耳打ちしてくる。

でもそんなはずはない。ここしばらく今まで以上に仕事が忙しく、婚約の知らせを受けた親戚や友人との会食やら通話やらでバタバタしていたのもあって、抑制剤を飲む時間がずれた日が二日ほどあったが、まさかそれくらいでいきなり発情期が来るとも思えない。

否定しようとしたのだが、周りのパーティーのゲストたちの会話がふっとやみ、やがてぽつぽつと視線がこちらに集まってきた。どうやら発情フェロモンが出始めているようだ。

（……なんでこうなるんだ、俺は！）

こんな席で発情してしまうなんて、自己管理がなっていないみたいで恥ずかしい。すぐに抑制剤を飲まなければと焦って、瀬名は来栖に告げた。

「……ごめん、優仁。どうも、そうみたいだ」

「あ、やっぱり！　でも隼介、謝ることじゃないよ？　むしろ僥倖って言うんじゃないかな、こういうのは！」

来栖が言って、目を輝かせて続ける。

「きっとこれも運命なのさ。きみさえよければ、いっそ今すぐ番にならないかい？」

「はっ？」

「この館にはね、素晴らしいゲストルームがあるんだ。僕たちが番の愛を交わすのにふさわしい、とても素敵なベッドもあるよ？」

「なっ、んてことを、言って……！」

明け透けすぎる言葉に顔が熱くなる。こんなに大勢の人たちの前で、そんなこと……。

「まあ、いいじゃありませんか！　ぜひそうなさったらっ？」

「……え……！」

「賛成だ。おめでたいことだからね！　吉行君には伝えておくから、どうか行ってきて！」

思いがけず周りから応援されたから、呆気にとられてしまった。おめでたいこと、だなんて初めて言われたから、なんだかぴんとこない。

瀬名の腰に腕を回して、来栖が告げる。

「……と、いうわけだ。まあ抑制剤を飲むにしても、一度屋内に入ったほうがいい。連れていってあげるよ、隼介」


「……おおー……、すごいな。どっかの王様の部屋みたいだ」

磨き抜かれた調度品や模様美しい壁紙、天蓋のあるベッド。

来栖にエスコートされて連れてこられたゲストルームは、古い映画に出てくる王侯貴族の寝室のようだった。発情が始まったせいかなんだかふわふわと夢心地なので、部屋のゴージャスな雰囲気だけでロマンチックな気分になってくる。

「……そうか。これが普通の発情なんだな」

「ん？　普通の、って？」

瀬名をベッドへといざないながら、来栖が怪訝そうな顔をしたので、瀬名は言った。

「俺、自然に発情したのって、ものすごく久しぶりでさ。薬で無理やり発情させられるときよりも、緩やかに始まるんだなって」

二人で並んでベッドに腰かけ、来栖を見つめると、彼がキラキラと輝いて見えた。自分の目がとろんとしてきたのもわかる。愛おしげに目を細めて、来栖が言う。

「とても素敵だよ、隼介。発情フェロモンの匂いはわからないけど、きみ自身の甘い匂いがいつもより強く香って心地いい。抑制剤を飲んで鎮めてしまうのは、惜しい気もするな」

「そう思う？」

「ああ。きみを抱きたい。きみの首を噛んで、番になりたいよ」

そう言って来栖が、優しい笑みを見せる。

「でも、きみがどうしたいかによるよ。僕としては、もう今すぐにでもそうしたいけど……、きみが結婚式を挙げてからがいいなら、もちろん待つよ？」

「……うーん、結婚式までかぁ」

瀬名が来栖に想いを告げてから、まだ一度も抱き合っていないから、このままセックスしたい気持ちは強い。

番になるのだけ結婚まで待つというのもありかもしれないし、それはそれでとてもロマンチックだが、せっかくこんな機会を得たのに我慢するのも、なんだかおかしな話ではないか。

「いや。俺ももう、待てないな」

瀬名はうなずいて言った。

「優仁と最後まで結ばれたい。番に、なろうよ」

「ふふ。そう言ってくれて嬉しいよ、隼介。キスさせてくれ」

いつもの潔さを発揮した瀬名に、来栖が本当に嬉しそうに言って、ちゅっと口唇に吸いついてくる。

口唇から溶け合うみたいな甘い口づけに、思わず小さく声が洩れた。

発情薬による強制的な発情のときは、ビリッとしびれるみたいな刺激が走ったが、あのときとはまったく違う。口唇からは想いが溢れ、体だけでなく、心や魂までが求め合うみたいな感覚が湧き起こってくる。

自分と来栖とは、心から愛し合っている者同士なのだ。それが十分すぎるほどにわかって、知らず笑みすらこぼれてきた。

キスだけで火照った瀬名の頬をそっと撫でて、来栖が確認するように訊いてくる。

「脱がせても、いい？」

「う、ん」

うっとりと答えると、来栖が瀬名の衣服をスルスルと緩め始めた。服を一枚ずつはぎ取られるたび、発情フェロモンが自分でもわかるくらい濃厚に漂ってくる。

「チョーカーも、外していいか？」

「あ……、うん」

かすかな戦慄を覚えながら答えると、来栖が瀬名のチョーカーを外した。

裸身は何度もさらしてきたが、チョーカーまで外したのは初めてだ。丸腰で戦いに挑むみたいで、心に余裕が持てない。

ドキドキしながらベッドに横たわり、来栖が余裕のある仕草でジャケットとネクタイ、シャツを脱ぐのを見ていたら、彼にも同じように全部をさらけ出してほしいと思った。

「……下も、もう脱いでて」

来栖が余裕をなくす姿はあまり想像できないけれど、せめて同じように裸身でいてほしい。ねだるみたいな瀬名の言葉に来栖がうなずき、下着ごとズボンを脱ぎ捨てる。

彼のアルファ生殖器は、すでに硬く大きく形を変えている。その猛々しい形状にはオメガとしておののくほかないが、不意に気づいた事実にはっとなった。

来栖は今まで一度も、瀬名の発情フェロモンの匂いを感じたことがないのだ。

「……なあ、優仁はさ。最初のときからずっと、俺のフェロモンに反応してたわけじゃなかったんだよな？」

「ああ、それはそうだね」

「けど、あんたはいつも、何もしなくてもそうなってたよな？」

「うん。だって僕は、最初のときからきみに恋をしていたからね」

瀬名の体に身を寄せながら、来栖が言う。

「オメガの発情フェロモンの匂いに反応しなくなっていた僕の前に、きみは僕にしかわからない甘い匂いを漂わせて現れた。『運命の番』の匂い……、まるで夕闇に包まれた世界で、きみだけが輝いているみたいだったよ」

「優仁……」

「きみだ、と思った。きみしかいない、とね。だからきみが僕のことを好きになってくれて、僕は誰よりも幸せだよ」

「ゆ、う、んんっ……」

鼓膜を揺らす甘い声と、熱を帯びた口づけ。それだけで、発情した体が悦びにわななく。来栖の一途な想いを受けて、発情した体がとろとろと潤み、肌もしっとり汗ばんでくる。

早く番になって、来栖に自分の発情フェロモンの匂いを感じてほしい。自分のフェロモンで彼を昂らせて、欲情に酔わせてみたい。

そんな思いが募ってきたから、たまらず首にしがみついてキスに応え、彼の腰に両足を絡めた。

「ん、ふ……、ぁ、ん」

来栖が瀬名の舌を吸い、口腔に肉厚な舌を挿し入れて優しくまさぐってくる。

舌裏や上顎はとても敏感な場所で、なぞられると背筋が震える。甘い味わいも格別で、舌を絡ませ合うと極上の蜜を舐めているみたいな気分だった。

重なった下腹部で瀬名の雄も欲望の形になり、触れられてもいないのに切っ先からとろとろと透明液をこぼす。後ろもじんわりと濡れて、柔襞がほころんできたのがわかって、あえぎそうになった。

「……本当にとても感じやすいね、隼介は」

来栖がキスをほどいて、はあはあと息を乱す瀬名の顔を見つめる。

「顔も肌も、ピンク色に上気して。すごく、可愛い」

「か、わ、ぃい、とかっ」

「ここも、ほら、ツンって勃ってるよ？」

「ひぁっ」

いつの間にか花の蕾みたいに硬くなっていた乳首を、キスで湿った口唇で甘く食まれて、思いがけなく声が裏返った。心底愛おしげに、来栖が言う。

「きみのここ、これからはたくさん愛してあげるね？　ここだけじゃなくて、体中の気持ちいいところを探し出して、全部愛してあげる。いっぱい、気持ちよくしてあげるから」

「優、仁、ぁ、あっ、ん、ぁあっ」

両の乳首を代わる代わる舌で優しく舐られ、ビクビクと腰が揺れた。

そこはやはり快感を覚える場所のようで、口唇で吸われ、舌で転がされると、そのたびにあん、あん、と甘ったるい声が出た。

いくらか恥ずかしさはあったけれど、愛する人の前でチョーカーを外し、体を愛撫されて感じさせられるのは、想像していたよりもずっと温かくて優しい気分だった。心までも満たされていくようで、胸に幸福感が溢れてくる。

来栖の舌が肌をかすめるたび、どうかなってしまいそうなほどに身も心も震えたから、それを伝えたくて彼の頭に手を伸ばし、豊かな金髪をまさぐって前髪を指ですき上げた。

おずおずと顔を覗き込むと、来栖が赤い舌をちらりと覗かせながら青い瞳でこちらを見返してくる。そのまなざしに確かな愛を感じて、心拍が大きく跳ねた。乳首もますます敏感になって、声も震えてくる。

「ぁ、あ、優仁っ……！」

「気持ち、いい？」

「ん、んっ」

「胸、甘い果物みたいにぷっくり膨らんできた。美味しく味わわなくちゃね？」

「あっ、は、あ！　ぃ、いっ、気持ち、ぃ……」

ちゅぱ、ちゅぱ、と淫靡な水音を立てて乳首を吸い立てられ、舌で舐り回されて、悦びの声が止まらない。胸の先から体中に甘露な喜悦が走って、勃ち上がった欲望に透明な蜜液がとめどなく上がってくるのがわかる。

繰り返し舌で舐め潰されて、硬い乳首がとろりと崩れてくると、腹の底までもきゅうきゅうと収縮し始める。もぞもぞと腰を揺らしたら、来栖が両手で瀬名の脚を割り開き、M字に開かせて内腿を撫でさすってきた。

胸を口唇と舌とで刺激されながら、親指で腿の付け根の筋をつっとなぞられ、瀬名の雄蕊《おしべ》から腹に透明液がとろりと垂れる。来栖がふふ、と笑みを洩らす。

「すごい。嬉し涙がもうこんなに」

「優、じ、んっ」

「こぼしてしまうなんて、もったいないな」

「ふ、あぁ……！」

腹に垂れた透明液を舌で舐め取られ、そのまま幹に滴っているのを甘い蜜みたいに舐められて、背筋がぶるりと震えた。

自分の屹立したそこを、来栖の舌がなぞっている。もうそれだけで、快感が何倍にも感じられる。幹にそっと手を添えて側部に口唇を押し当てられ、こちらを見つめながら口唇を先端までつうっとスライドされたら、ひっ、と喉奥で悲鳴を上げてしまった。

来栖が艶麗な笑みを見せて言う。

「ここも、味わわせて。きみの味を知りたいんだ」

「ゆ、うっ……、んん、はぁ、あっ」

青い瞳でこちらを見たまま、来栖が瀬名の先端を口に含み、そのままするりと根元までくわえ込む。そうして舌をぴったりと裏側に押し当て、頬を窄めてゆっくりと頭を揺すり始めた。

「ああ、あっ、は、ぁ……！」

溶けそうなほど熱い口腔。唾液をたっぷりと含んだ舌の、ベルベットみたいな感触。フェラチオなんてもちろん初めての経験だけれど、ゾクゾクするほど気持ちがいい。来栖が上下に動くたび悦びで声が弾み、根元の辺りにジュワッ、と血が流れ込んできて、欲望がますます張り詰めるのがわかる。

瀬名の反応を見て、来栖が動きを速めてくる。

「あっ、あっ！　す、ごぃ、舌、ぴったり、くっついてっ……」

舌を瀬名の裏側に密着させ、先端まで口唇を滑らせてしゃぶり上げて、また一息に根元までくわえ込む。じゅぷ、じゅぷ、と淫猥な音を立てながら、何度もそれを繰り返されるたび、体の中に火花が散る。

それはやがてくる頂への種火で、発情した体が覚える快感という意味では同じだけれど、発情薬で発情したときの感覚とはぜんぜん違う。むしろ、瀬名の家の狭いベッドで発情もしないままに求め合ったあのときに感じた悦びのほうに、いくらか近い感じがする。

ただ快感を与えられているのではなく、愛されている。

これは、そんな感覚なのではないか。

「はぁ、あっ、優仁っ、も、達、きそっ」

限界を伝えるが、来栖は瀬名を口腔で包んだまま離さない。

彼の口を汚すのがためらわれて、ふるふると頭を横に振ってみるが、来栖は口の端に笑みを浮かべ、ますますきつく瀬名を吸い立ててくる。

そんなふうにされたら、こらえようにもこらえられない。瀬名は上ずった声で頂の兆しを告げた。

「ふ、ぅうっ！　優、仁っ、ぃ、くっ、達、っ……！」

一瞬視界が真っ白になって、それからドンと高みへと弾き飛ばされた。

来栖には何度も達かされているけれど、彼の口の中で達するなんて思いもしなかった。

彼の熱い口腔が瀬名の放ったもので満ちる感触に、頭が熱くなる。

「ん、んつ、ご、めっ……、吐き、出してっ……？」

絶頂に震えながらティッシュを捜したが、自身をくわえられたままでは、置いてある場所に手が届きそうにない。

焦る瀬名を、来栖がまるで微笑ましいものでも見るような目をして眺めながら、ゆっくりと顔を上げた。

そうして雫一つこぼさず瀬名から口唇を離し、陶然とした表情でこくりと喉を鳴らして飲み下したから、思わずああ、と声が出てしまった。

「飲っ、んだのかっ……？」

「……うん。だって、きみのだよ？　吐き出してしまうなんて惜しいじゃないか」

「でもっ」

「きみもこの前、おなかの中に僕のものを出してほしいって言っただろう？　同じさ」

こともなげにそう言うので、顔まで熱くなる。

そういえば、確かに言った。同じことだと言われれば、そう思えなくもないが……。

「僕だって、愛する人の全部が欲しいんだよ。きみの味や匂いを、隅から隅まで知りたい」

来栖が熱っぽい目をして言う。

「だから、ここも味わわせてね？」

「つ？　ちょ、優仁っ？」

足をM字に開かされたまま腰を持ち上げられ、あらわになった後孔に来栖がちゅっと口づけたから、ビクリと身が震えた。

オメガ子宮へとつながる交接器官であるそこは、もう期待の蜜で濡れ、柔襞は触れられたくてひくひくと震えている。ほころびかけた窄まりに、来栖が舌を這わせてくる。

「ひ、ぅっ！　あぁ、あっ……！」

ぬらり、ぬらりと、後孔を熱い舌で舐められて、背筋にしびれが走る。

そこも感じる場所なのは知っていたけれど、舌で愛されるなんて想像すらしたことがなかった。しかもこんな、彼の前に全部をさらけ出した恥ずかしい格好でだ。

羞恥でくらくらしてしまい、逃れようと腰をひねってみたけれど、来栖に大きな手で双丘をがっちりとつかまれてしまっているから、そうすることもできない。

彼の唾液なのか自分の内蜜なのか、ぴちゃぴちゃと濡れた音で鼓膜まで撫でられて、知らずまなじりが涙で潤む。

「優、仁っ、こん、なっ、だ、めっ！」

「気持ち、よくない？」

「い、いっ、け、どっ」

「きみのここ、ゆっくり開いてきた。花みたいで、綺麗だよ」

「はっ、ぁあっ！　な、かはっ、駄目、だって……！」

快楽の予感にほどけた窄まりを、来栖が舌先で押し広げ、中まで舌を挿し入れて舐り回してくる。

すさまじく恥ずかしいけれど、後孔は淫らな口づけに応えてほころび、とろりと甘く熟れていく。白蜜を吐き出したばかりの欲望もまた頭をもたげ、瀬名の腹の上に透明な糸を滴らせ始めた。

内奥もじくじくと疼いてきて、だんだんやめてほしいのかもっとしてほしいのか、よくわからなくなってくる。

「ん、ふっ、ゆ、うじんっ、ゆう、じんっ」

恥じらいと快楽とで頭が混乱するのを感じながら、彼が与える愛撫に酔う。

ほどけたそこは中までも感じやすく、舌の温度でさらにふやける。

でも舌で届く場所を舐められているだけでは、悦びの出口がない。外襞まですっかり熟れてしまうと、内奥がもっと大きく硬いものを求めて蠢動し始めた。

涙目で見つめると、来栖が笑みで応え、口唇を双果へと滑らせて、代わりに長い指をとぷりと沈めてきた。

「あぁ、うっ！　ふ、ううっ」

果物でも味わうみたいに双果を優しく食みながら、来栖が内筒を指で探って中の様子を確かめる。とろとろに濡れそぼったそこは、来栖の指を二本、三本と柔軟に受け止め、ピタピタと吸いついて悦びを得ようとする。

双果を舌でねろねろと舐め回されると、そこにもさざ波みたいな快感が走った。

「は、あぁ、そ、こっ」

「ここ舐められるのも、好き？」

「う、んっ」

「中のここを、こうされるのも？」

「ああっ、はあ、あっ！」

内腔前壁の感じる場所を指で撫でられ、ビクンと体が跳ねた。

瀬名の中の快楽の泉はジンジンと脈打っていて、悦びを与えられるのをじっと待っていたかのようだ。中に挿し入れられた三本の指で代わる代わる転がされたら腹の底が一気に収斂してきて、また頂の波が押し寄せてきた。

強く大きなそれは、とても抑えられるような波ではなくて……。

「ひ、ぅうっ！　出、るっ、また、出、ちゃっ……！」

みっともなく尻を揺すりながら切れ切れにそう言うと、来栖が身を乗り出して瀬名の切っ先にしゃぶりついた。瀬名の白蜜が、またトクトクと来栖の口腔に吐き出される。

「あっ、あ……」

後ろから中を刺激されて達したから、溢れてくる白濁液はとめどない。

けれど来栖は、まるで美酒でも味わうみたいにそれをコク、コク、と飲んでいく。

己が欲望にただ素直に従い、背徳的な行為に耽溺してでもいるみたいな来栖の顔には、うっとりするほどの色香が漂っている。

来栖のそんな表情を初めて見た。淫靡な色気を放つその顔を見ていたら、たった今達したばかりなのに、腹の底からふつふつと欲望が滾ってきた。

(優仁が、欲しいっ……、彼のものに、されたいっ……!)

ずっとオメガらしくあることに抗ってきたが、初めて心からそう感じた。

「……優仁っ、もう、してくれよ」

オメガ子宮にひくひくとした疼きすら感じながら、瀬名は哀願した。

「あんたが欲しくてたまらない。俺のこと全部、優仁のものにしてくれっ」

手を伸ばして彼の金髪をまさぐると、来栖がかすかに目を見開き、瀬名の切っ先から口唇を離して何か言いたげな顔をした。

それから一度口唇を結び、少し考えるみたいに視線を落とす。

やがてまたこちらを見つめて、来栖が確かめるみたいに訊いてくる。

「本当に、いいんだね？　僕だけのオメガに、なってくれるんだね？」

「……ああ、もちろんだ」

うなずいて、瀬名は続けた。

「これからもずっと、俺は優仁と一緒にいたいんだ。俺にも、あんたしかいないよ」

瀬名の答えに、来栖が秀麗な顔を花みたいにほころばせる。

大好きな彼の笑顔が眩しくて、こちらも笑みを返すと、来栖が瀬名の後ろから指を引き抜き、開いた脚の間に体の位置をずらした。そうして膝裏に手を添え、ぐっと持ち上げてくる。来栖が息を整えて瀬名を見下ろし、気遣うように言う。

「きみの姿を、余さず全部見ながらしたい。少し苦しめるかもしれないけど、そういうのは、これきりにするから」

来栖が腰を寄せ、瀬名の後ろに雄の先端をつなぐ。そのまま、瀬名に覆いかぶさるみたいにしながらずぶずぶと剛直を沈められたから、喉奥でうめいた。

「ぁ、うぅっ、優、仁……っ」

今までで一番のボリュームと、したたかな熱。

中は少しきつくて、いっぱいに開かれた窄まりが引きつる感じもあるけれど、瀬名への想いだけで、来栖はこんなにも昂っているのだ。彼の気持ちの大きさをありありと感じて、またまなじりが濡れてしまう。

「愛している、隼介。きみを、きみだけを、愛しているよ……！」

「ゆ、うじっ、ぁ、あっ、はあ、あっ！」

自制のくびきから解き放たれたかのように、来栖がズンズンと己を突き立ててくる。

いつになく大きく、ダイナミックな律動。のしかかられているせいか、体中がミシミシときしんで、息をするのもやや苦しい。溢れるほどの内蜜で濡れた結合部に痛みなどはないけれど、来栖がしなやかに腰を揺すって瀬名を穿つたび、脳天まで突き上げられるみたいな衝撃が走る。まるで熱した楔を体の芯に直接打ち込まれてでもいるみたいだ。

「う、ふっ、ゆう、じんっ」

「隼介、隼介っ……」

「あっ、ああっ！　は、激、しぃっ、ぅ、うっ……」

勢いを増していく律動に、思わず喉奥でうめく。

体を二つに折られたような体位で、強大なアルファの屹立を深々とのみ込まされ、内奥までがつがつと容赦なく貫かれている。

来栖にこんなふうに抱かれるのは初めてだし、オメガの身にとってはおののくばかりの激しさだ。アルファの獰猛な本能に食い尽くされていくみたいで、かすかに恐怖も感じる。

でも、いつも穏やかで冷静な来栖の中にも、こんなにも苛烈なアルファの野性が息づいていたのだと知ると、なぜだか不思議と胸が躍る。

彼が凶暴なまでの情動を飼いならし、今このときまで己を律して瀬名を気遣っていたのだと思うと、なんだかそれだけで腹の底がじわじわと熱くなってくる。

「……あ、あっ！　優仁……、優仁……っ」

荒々しく揺さぶられながら、愛しいその名を呼ぶと、答えるみたいに来栖の吐息が揺れ、瀬名の中で雄が跳ねた。

深い場所を何度も穿たれ、奥の奥まで開かれていくのにつれて、体が愛される悦びに目覚め、媚肉には甘い喜悦が走り出す。彼の動きに合わせて腰を揺すると、剛直で摩擦される内壁がざわりとまくれ上がり、彼に応えてとろとろと蕩けてくるのがわかった。

「ひぅ、ああっ、な、かっ、溶けそうっ！　優仁ので、溶け、るっ」

「隼、介……！」

「もっと、こすってっ……、あんたで、いっぱいにしてくれっ」

来栖を奥までくわえ込もうと、後ろに力を入れて雄をきゅうっと締めつける。

すると来栖があっと声を上げ、悩ましげに眉根を寄せた。息を詰めて腰をグラインドさせ、感じる場所や奥をズクリズクリと抉り立ててきたから、悲鳴みたいな声が洩れる。

「あっ、ああ！　ぃ、いっ、気持ち、いい！」

「よく、なってきた？」

「う、んっ、はあ、ああああっ、あああああっ！」

肉襞と熱棒とがきつく擦れ合い、きゅぷ、きゅぷ、と摩擦される感覚が走るたび、全身が震え上がるほどの快感が走った。

ようやく来栖の形やボリュームを思い出したみたいに、瀬名の肉襞がうねって彼を包み込み始める。内襞が熱杭にまとわりついて、奥へと引き込むかのように吸いつき出すと、その感触が堪えるのか、来栖が低くうなった。

「く、うっ、隼介が、僕を包んでるっ、僕を、受け止めてくれてる……！」

「ゆぅ、じんっ」

「もう、体が止まらない、きみに、引き込まれていくみたいだ！」

「あうっ！　はぁ、ああっ……！」

来栖が瀬名の膝裏を支える手に力を込め、肩につくほど押し上げてきたから、腰がさらに浮き上がった。刀身を上から突き下ろすみたいに、来栖が腰を打ちつけ始める。

「ひ、あっ、待っ……！　こ、んな、格好っ……！」

尻が大きく持ち上がったせいで、凶器みたいな肉の楔が瀬名の中深くまで沈み込み、ずるっと引き出されてはまたずぶずぶとはめ戻されていく淫猥な光景が、否応なしに目に飛び込んでくる。

瀬名の中は来栖と溶け合うほどにぐらぐらと煮え滾って、るつぼみたいになっているようだ。来栖が何度も行き来するたび、つなぎ目からはぬちゅぬちゅと水音が立ち、来栖の幹も内蜜でいやらしく濡れていく。

この上なく鮮烈なビジュアルに思考は振り切れ、全身がかあっと燃え上がって、快感だけにすべてを支配される。

「あっ、ああ、すご、いっ、ぃい、ああ、あぁあっ」

「隼介っ」

「も、おかしく、なるっ！　腹ん中、ぐちゃぐちゃに、なってっ……！」

悦びが強すぎるせいか、もはや目が焦点を結ばない。

瀬名の鈴口からは濁った透明液がとろとろとこぼれてきて、腹から胸にまで流れ落ちる。

目からは知らず涙が溢れ、緩んだ口唇の端からはだらしなく唾液が洩れる。

どこもかしこも甘く潤び切った、瀬名のオメガの体。

来栖が慈しむみたいな目で見下ろして、揺れる声で言う。

「綺麗だ、隼介……、僕の、隼介っ」

「ゆ、う、じんっ……」

「愛してるっ……、愛してる、愛してるっ」

「あっ、ああっ、はあっ、あああ……！」

来栖が肉杭で中をかき混ぜるみたいにしながら、一気に抽挿のピッチを上げてくる。

内筒を擦り立てられるだけでも強い快感を覚えていたのに、張り出した切っ先で感じる場所をゴリゴリと抉られ、最奥近くの窪みまでぐぷぐぷと攻め立てられて、気が遠くなるほど感じさせられる。

絶頂の兆しがせり上がってくると、それを感じ取ったのか来栖の肉茎がぐんと嵩を増し、行き来する動きも大きくなった。

息を乱した来栖に亀頭球まで埋め込まれるほど穿たれ、逃れようもなく追い立てられたら、瀬名の肉襞がきゅうきゅうと収斂し始めた。

そうして頂の大波にのみ込まれて――――。

「ひ、ぃっ……、イ、クっ、ぃ、ちゃ――――」

胸に、顔に、己自身の切っ先から白蜜をビュクビュクと撒き散らしながら、瀬名が絶頂を極める。律動する来栖を後ろが何度も搾り上げると、そのたびに頂のピークが押し上げられ、爆ぜる快感に意識まで飛びそうになった。

やがて来栖がうう、と低くうめき、瀬名の一番深いところで動きを止めた。

「あ、あぁっ……、す、ごい、いっぱい、出て、る……！」

ざあ、ざあ、と、腹の底に大量の白濁液がほとばしる。

アルファの精液は熱く重く、腹の奥まで彼で満ちていくみたいだ。体を来栖で埋め尽くされ、甘い愉悦に溺れそうになる。

それだけで、十分幸福な気持ちになるけれど。

「……優仁、噛んで……！」

恍惚をたゆたいながら来栖の顔を見上げ、首が見えるよう頭を傾けて哀願する。

彼が笑みを見せてうなずいて、瀬名の顎にそっと手を添えた。そのまま首に顔を埋《うず》め、首筋にそっと口づけてから、来栖がそこに歯を立ててきた。

「……ぅ、ああっ……、ぁ……！」

皮膚を破って肉に食い込む来栖の硬い歯の感触に、ぶるりと身が震える。

強い痛みがあったが、それは一瞬だった。

噛まれた場所からアルファの旺盛な生気が流れ込み、無軌道に発散されていた発情フェロモンが、一つに集束していくみたいな感覚がある。そうして互いの体内を何かが循環し始め、それが二重螺旋みたいに絡まり、強く固く結ばれていくのが感じられた。

アルファとオメガ、二つの体と心とが、確かに一つにつながったのがわかって、全身がわななきそうになる。

「ああ、優仁だ。優仁が、俺の中に、いるっ……」

ほかになんとも表現しようがなくて、そんな言葉を口にすると、来栖がゆっくりと顔を上げ、間近で瀬名の顔を見つめてきた。

その秀麗な顔には、新鮮な驚きの表情が浮かんでいる。

「……隼、介……、ああ、きみっ……、きみ、はっ……」

珍しく言葉に詰まりながら、来栖が言う。

「こんなにも、かぐわしい、甘く芳醇な匂いを、発していたのか……！」

自分では匂いまではあまりわからないけれど、それはたぶん、瀬名の発情フェロモンの匂いなのだろう。

レイを噛んで以降、オメガが放つ発情フェロモンの影響から逃れていた来栖が、番となって初めて、瀬名のフェロモンを感じることができたのだ。歓喜に口唇を震わせ、今にも泣き出しそうな顔でこちらを見つめる来栖が、たまらなく愛おしい。

手を伸ばしてそっと頬を撫でると、来栖がその手を取り、手のひらに口唇を押しつけるみたいに口づけた。かすかに瀬名の指を濡らしたのは、彼の涙だろうか。

「これが、番か。もうこれからは、ずっときみと、一つなんだね？」

「優仁……」

「心から愛している、隼介。きみだけだ……！」

青い瞳に確かな愛情をたたえて、来栖が告げる。その秀麗な顔を間近に見返しながら、瀬名も愛の言葉を返した。

「俺も愛してるよ、優仁。運命だからでも、そうじゃなくても、それが俺の本当の気持ちだってことは、変わらない」

「……うん。ありがとう。きみがそう言ってくれて、本当に嬉しい」

来栖が満足げに微笑み、上体を起こす。つながったままの瀬名をうっとりと見下ろし

て、来栖が言う。

「僕はきみに救われたのかもしれない、って、きみにそう言ったの、覚えてる？」

「ああ、覚えてるよ」

「本当にそうだったんだなって、僕は今、しみじみと感じているよ。過去に囚われていた僕を、きみが今のほうに引っ張って、救い出してくれたんだなって！」

来栖が感極まったように言って、甘いため息をこぼす。

「愛するきみと、これからは未来に向かって、一緒に歩いていける。それは本当に、奇跡みたいなことだ。だってもしかしたら、新しい命も生まれるかもしれないわけだしね」

「新しい、命……！」

それは瀬名も考えていた。オメガの身をいとわしく思ったこともあったが、できるなら彼の子供を産んでみたいと、今はそう思う。

来栖が少し考えるふうに黙ってから、またこちらを見つめて言う。

「でも、それこそ未知の未来、誰にとっても不確かな『運命』そのものだし、絶対にそうじゃなきゃ、ってことでもない。僕はただ、きみと幸せになれればそれでいいんだ。何度でも、極上の愛を交わし合ってね！」

「わっ……？　ん、ん……！」

来栖にさっと上体を抱き起こされ、一つになったまま腰の上に抱き上げられたから、小さく声が洩れた。

瀬名の奥深くまでみっしりと収まった来栖自身は、まだ熱く雄々しいボリュームのまだ。それどころか、先ほどよりもさらに嵩を増しているようにも感じたから、思わず目を丸くして来栖の顔を見た。

来栖の美しい青い目は、見たこともないほど艶めいている。まるで水をたっぷりとたたえた泉のようだ。

「もっと、きみが欲しい。二人で気持ちよくなりたい。もう一度してもいいか、隼介?」

「……優、仁……」

来栖の声には、劣情がにじんでいる。瀬名の発情フェロモンの匂いを感じて欲情しているのだとわかって、ああ、とあえいでしまう。

今までよりも情熱的に、どこまでも深く愛される予感に、瀬名の体もまた疼いてくる。

「……もう一度だけで、いいのかよ?」

瀬名の問い返しに、来栖がふふ、と気恥ずかしそうに微笑む。

その顔があまりにも魅力的だったから、たまらず首に抱きついた。

来栖が瀬名の腰を支え、またゆっくりと律動し始める。

「……ああ、あっ……、ゆ、じんっ、優、仁っ……」

心も体も惹かれ合った、ただ一人の番。

身の内を行き来する昂りからは、来栖の想いが確かに伝わってくる。

これが運命の導きであるならば、それも悪くはない。二人の間に生まれた愛には、嘘など一つもないのだから。

(愛してる……、優仁を、愛してる……!)

愛する人と固く結ばれ、何度でも抱き合える至福。

オメガとして無上の喜びに、瀬名はどこまでも浸っていた。

END

あとがき

こんにちは、真宮藍璃です。『極上アルファは運命を諦めない』をお読みいただきましてありがとうございます。

プリズム文庫さんでのオメガバースもの、三作目になります。

今回は、オメガバースな現代世界における事件ものはどんなだろう、その社会における男性のカッコよさとは、みたいなところからお話を考えました。

事件、男性のカッコよさといえば公務員系バディものかな、久しぶりに日本語がネイティブみたいな金髪碧眼男性（※これは完全に私の性癖です）も書いてみたいぞ、受けは強気受けで〜、などなど、大まかなところはすぐに決まったのですが、恋愛部分については、オメガバース設定ゆえにどう描くか少し悩みました。

いろいろ考えた結果、メインの二人が運命というものをどうとらえているか、そのズレが大きいところから入るのはどうかなと思い、今回のお話ができ上りました。

惚れた弱みではないですが、本作の攻めの来栖はだいぶけなげで可愛い人になった気がします。運命を信じていない受けの瀬名がどうほだされ、恋に落ちていくのか、少しでも楽しんでいただけましたら幸いです。

さて、この場を借りましてお礼を。

挿絵を描いてくださいました、小禄先生。

脳内イメージより千倍カッコいい瀬名と来栖のキャララフ、二人の仕草や表情のすみずみまでクールで色っぽいカバーラフを同時にいただいて、リアルにキャーッ！　と叫びました。素敵に描いていただいて感無量です。本当にありがとうございました！

担当のS様。

いろいろとご提案ありがとうございました。いつもボリュームが溢れてしまい本当に申し訳ありません。そしてなぜに攻めが金髪碧眼？　とやや疑問に思われたことでしょう。すみません、性癖です……。

そして今一度読者の皆様。

ここまでお読みいただきまして、本当にありがとうございます！　この作品が日々のささやかな慰めになりましたら幸いです。これからもカッコいい攻め、カッコいい受けのBL作品を書いていきたい所存ですので、よろしければ、またぜひよろしくお願いいたします！

二〇二一（令和三）年　八月　　真宮藍璃

プリズム文庫をお買い上げいただきまして
ありがとうございました。
この本を読んでのご意見・ご感想を
お待ちしております!

【ファンレターのあて先】
〒153-0051 東京都目黒区上目黒1-18-6 NMビル
(株)オークラ出版 プリズム文庫編集部
『真宮藍璃先生』『小禄先生』係

プリズム文庫

極上アルファは運命を諦めない

2021年09月29日 初版発行

著　者　真宮藍璃
発行人　長嶋うつぎ
発　行　株式会社オークラ出版
　　　　〒153-0051 東京都目黒区上目黒1-18-6 NMビル
営　業　TEL:03-3792-2411 FAX:03-3793-7048
編　集　TEL:03-3793-6756 FAX:03-5722-7626
郵便振替　00170-7-581612(加入者名:オークランド)
印　刷　中央精版印刷株式会社

ISBN978-4-7755-2971-3